Rataplan

RATAPLAN

REVUE

Représentée pour la première fois, à Paris, sur le théâtre des Variétés,
le 7 décembre 1880.

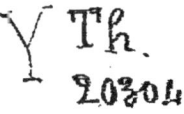

IMPRIMERIE GÉNÉRALE DE CHATILLON-SUR-SEINE , JEANNE ROBERT.

RATAPLAN

REVUE

EN TROIS ACTES, DIX TABLEAUX

PAR

LETERRIER, VANLOO & MORTIER

C · L

PARIS

CALMANN LÉVY, ÉDITEUR

ANCIENNE MAISON MICHEL LÉVY FRÈRES

RUE AUBER, 3, ET BOULEVARD DES ITALIENS, 15

A LA LIBRAIRIE NOUVELLE

—

1881

PERSONNAGES

1

LA BOUQUETIÈRE........................	ESTELLE LAVIGNE.
LE CANON DU PALAIS-ROYAL	
JEAN DE NIVELLE........... }	SAVENAY.
LE BOURSIER............................	DARTY.
PREMIÈRE HORLOGE ... }	
LE PALAIS-ROYAL..... }	MARGUERITE.
DEUXIÈME HORLOGE .... }	
PANORAMA DE BRUXELLES... }	VÉBAR.
TROISIÈME HORLOGE........ }	
PANORAMA DE VALENTINO... }	THÉRÈSE..
LA COMÉDIE PARISIENNE..... }	
PANORAMA DU CAFÉ PARISIEN..... }	
LES MOUSQUETAIRES AU COUVENT. }	L. MIGNON.
PANORAMA DES CHAMPS-ÉLYSÉES...........	VILLARS.
PANORAMA DE LONDRES }	
UN DISTRIBUTEUR...... }	CAROLI.
PREMIER FACTEUR.... }	
UN DISTRIBUTEUR...... }	MARIA.
DEUXIÈME FACTEUR.... }	
UN DISTRIBUTEUR...... }	PÉRINE.
TROISIÈME FACTEUR ... }	
LE BEAU NICOLAS...... }	DEVOUX.
QUATRIÈME FACTEUR... }	
UN DISTRIBUTEUR...... }	CORTÈS.
CINQUIÈME FACTEUR... }	
UN DISTRIBUTEUR ..... }	PERROUX.
SIXIÈME FACTEUR...... }	
UN DISTRIBUTEUR ..... }	MAYER.
ARLEQUIN............. }	
BELLE LURETTE........ }	B. PILLION.
BIBLIS............... }	
LA DUCHESSE......... }	L. GAUDET.
PREMIÈRE COLLEUSE.....................	DANGEL.
DEUXIÈME COLLEUSE.....................	BRUNSWICK.
LA PETITE DUCHESSE....................	PETITE LOYAL.

TAMBOURS, PORTE-DRAPEAUX, FANFARE, ETC.

Musique nouvelle de MM. LACOME, COSTÉ et BOULARD.

Costumes dessinés par M. DRANER.

Décors de M. ROBECCHI.

RATAPLAN

ACTE PREMIER

PREMIER TABLEAU
L'OUVERTURE

L'orchestre est en place. — On a frappé trois coups. Le chef d'orchestre lève son bâton. Deux ou trois mesures de « forte. »— A ce moment, un bras paraît au manteau d'Arlequin et fait un signe au chef d'orchestre.

LE CHEF D'ORCHESTRE, à ses musiciens.

Pardon, messieurs, un petit instant... Il y a un bras qui demande à me parler... (Il enjambe la boîte du souffleur et va écouter au manteau d'Arlequin ce qu'on a à lui dire. Puis il revient vers ses musiciens, la figure renfrognée.) Messieurs les musiciens, on vient de me dire... Vous ne savez pas ce qu'on vient de me dire?... Je suis très vexé, mais ça ne fait rien... il faut avoir l'air content... on vient de me dire que le compositeur, l'illustre compositeur qui a fait l'ouverture de cette Revue, demande à la conduire lui-même... (Rumeurs à l'orchestre.) Vous êtes vexés... comme moi... ça ne fait rien... il faut avoir l'air content... Chacun sait que l'orchestre des Variétés est le premier orchestre du monde et qu'il n'aime pas qu'on le dérange dans ses habitudes. Mais enfin, le compositeur est étranger... Si c'était un compatriote, on ne se gênerait pas... seulement, un étranger, vous comprenez... (Bruit de voix dans le couloir qui conduit à l'orchestre.) Le voici... Messieurs les musiciens, ayez l'air content. Si même vous pouviez pousser jusqu'à l'enthousiasme... cela ferait plaisir à la direction...

Le maëstro entre, l'orchestre l'acclame.

LE MAESTRO, saluant.

Je suis confus...

LE CHEF D'ORCHESTRE.

Cher maître...

Il veut lui remettre son bâton.

LE MAESTRO, tirant un bâton de sa poche.

Pardon... j'ai le mien...

L'ouverture commence. — Vers la fin, de longues trompettes sortent des deux avant-scènes du troisième étage et entonnent la marche d'Aïda.

LE CHEF D'ORCHESTRE.

Bravo ! bravo !

Tous les musiciens tapent sur leurs instruments.

LE MAESTRO, saluant.

Je suis confus...

LE CHEF D'ORCHESTRE, aux musiciens.

Messieurs, nous ne nous attendions pas au grand honneur qu'on vient de nous faire... cependant, si quelqu'un d'entre vous avait... par hasard... une couronne de lauriers sur lui...

Tous les musiciens démasquent des couronnes et en inondent le maëstro.

LE MAESTRO.

Je suis vraiment confus !

Il remonte sur la scène au milieu d'acclamations. — A ce
moment, une lyre ornée de feuillages et de rubans descend
sur sa tête, pendant qu'un petit homme surgit de la boîte
du souffleur et allume un petit volcan de salon.

LE CHEF D'ORCHESTRE.

Et rien n'était préparé !

LE MAESTRO, saluant toujours.

Confus... confus... j'en rougis... j'en verdis !

Ils rentrent derrière le manteau d'Arlequin, pendant que les
trompettes reprennent la marche d'*Aïda*. — Puis le rideau
se lève sur le tableau suivant.

DEUXIÈME TABLEAU

PROLOGUE

Une cave faiblement éclairée par une lanterne. — Portes à droite
et à gauche.

SCÈNE PREMIÈRE

UN HOMME, puis D'AUTRES HOMMES.

Au lever du rideau, un homme, enveloppé dans un grand manteau
de couleur sombre, est adossé au mur et semble écouter. —
Minuit sonne — Musique de scène.

L'HOMME.

Minuit ! c'est l'heure !... Ils ne vont pas tarder à arriver... (Prêtant l'oreille.) Ah! on a frappé à cette porte. (Il va à la porte de droite.) Le mot?

UNE VOIX, au dehors.

Égout et dépotoir!

L'HOMME, ouvrant la porte.

C'est bien... entrez, frères!... Vous êtes les premiers au rendez-vous...

Entrent cinq hommes également enveloppés de longs manteaux. On entend frapper à l'autre porte.

DEUXIÈME HOMME.

Ah! voici les autres, sans doute...

PREMIER HOMME, allant à la porte.

Le mot?

UNE VOIX, au dehors.

Égout et dépotoir!

Six hommes entrent, enveloppés de manteaux. Tous se rangent en ligne et descendent vers la rampe.

PREMIER HOMME.

Ah! c'est bon de se revoir, n'est-ce pas?

TOUS.

Oh! oui!

PREMIER HOMME.

Nous dépérissions!... Littéralement, nous dépérissions... Proscrits, bannis, chassés, supprimés, nous ne savions plus où nous abriter.

DEUXIÈME HOMME.

Avoir fait du bruit toute sa vie, et se trouver tout à coup réduits au silence, était-ce possible?

TOUS.

Non! non!

DEUXIÈME HOMME.

C'est alors que nous avons eu une idée... Cette cave, dans un quartier désert, au bord de la Bièvre, était vacante. Nous l'avons louée... ses murs épais étouffent les sanglots, absorbent l'agonie. Nous pourrons nous y livrer à notre occupation favorite.

PREMIER HOMME.

Comme de vulgaires joueurs de cor de chasse.

TROSIÈME HOMME.

Allons-y alors... et sans fard.

Ils se débarrassent de leurs manteaux qui laissent voir des uniformes de tambours, et se mettent en position.

PREMIER TAMBOUR, les arrêtant.

Un instant!

TOUS.

Comment?

PREMIER TAMBOUR.

Nous ne sommes pas au complet...

DEUXIÈME TAMBOUR.

Qui donc attendons-nous encore?

PREMIER TAMBOUR.

Qui?... Ingrat!... Mais lui!... notre maître vénéré, qui souffrait encore plus que nous de l'inaction à laquelle on nous a condamnés. Je l'ai rencontré l'autre jour... il faisait pitié!... Aussi est-ce à son intention que je vous ai tous convoqués... Mes amis, nous allons le revoir...

TOUS, avec joie.

Ah!

UNE VOIX, au dehors.

Égout et dépotoir!

DEUXIÈME TAMBOUR.

C'est lui!... je reconnais son timbre enchanteur.

PREMIER TAMBOUR.

Nous allons jouir de sa surprise, de son bonheur.

Il va ouvrir. Tous se sont rangés au fond. — On voit d'abord paraître un plumet, puis le tambour-major entre en se baissant pour passer sous la porte.

SCÈNE II

LES MÊMES, LE TAMBOUR-MAJOR.

LE TAMBOUR-MAJOR, entrant sans les voir.

Air : *du Caïd*.

En tambour-major
Tout galonné d'or,
Brandissant ma pomme,
J'étais un bel homme
Qui prenais les cœurs
Par mes airs vainqueurs!...
Redressant la tête,
Je me faisais fête
De mettre en mouv'ment
Tout le régiment!

Et maintenant!... cristi!... Dégommé!... à pied!...
Cré nom! moi qui serais si heureux d'entendre encore
mes vieux airs, mes vieilles batteries... la diane, le rappel, la charge...

PREMIER TAMBOUR.

Eh bien! je vais l'en régaler!...

Il exécute sur son tambour les batteries désignées.

TAPIN, pendant la batterie, sur le ton du commandement.

Ah! que c'est bon!... (Après la batterie, avec attendrissement.) Ah! mes enfants! mes tapins! cré nom! je suis ému! ma moustache s'humecte! Si vous saviez le bien que vous me faites! Je dépérissais... je maigrissais en longueur! Pas plus tard qu'hier, j'ai pu passer sous la porte Saint-Denis...

TOUS.

Oh!

TAPIN.

Ça m'a donné un coup!... Il n'était que temps! (Soupirant.) Mais c'est égal.. ce moment de bonheur rend mes regrets encore plus cuisants... Grâce à vous, je suis heureux aujourd'hui... mais demain, quand je me retrouverai sans emploi... en tête-à-tête avec ma canne!...

A ce moment on entend frapper à la porte.

TOUS.

Hein!

UNE VOIX, au dehors.

Ouvrez!

TAPIN.

La garde, sans doute!

TOUS.

La garde!

TAPIN.

Nous sommes fumés!...

Ils font un mouvement pour se cacher.

1.

SCÈNE III

Les Mêmes, LA REVUE.

LA REVUE, entrant en riant.

Ah! ah! ne vous donnez pas tant de mal, messieurs les tambours!... Croyez-vous qu'on puisse me cacher quelque chose, à moi, la Revue?

TAPIN.

La Revue?

TOUS.

Ah!

Ils font le salut militaire. On bat aux champs.

LA REVUE, les interrompant.

Mais non... mais non!... la Revue... la Revue des Variétés!... Une bonne fille, qui ne veut de mal à personne.

TAPIN.

Vraiment?

LA REVUE.

Et je vais t'en donner la preuve : Tu es triste, sans emploi, ne sachant que devenir... Eh bien! je viens te proposer une affaire.

TAPIN.

A moi?

LA REVUE.

Oui... veux-tu me servir de compère?

TAPIN.

Pour un baptême ?

LA REVUE.

Mais non! es-tu naïf ! pour ma revue !

TAPIN.

Compère ! moi? quel honneur !

LA REVUE.

Tu acceptes?

TAPIN, après une hésitation.

Eh bien... non !

LA REVUE.

Comment?

TAPIN.

Oh! je ne dis pas... c'est tentant... mais... je réflé-
chis à une chose... Maintenant, que je ne suis plus
rien, je suis devenu quelqu'un... En France, la position de dégommé est excellente, quand on sait en tirer parti; je veux garder ma ligne...

LA REVUE.

Tu refuses?

TOUS.

Vous refusez ?

TAPIN.

Oui.

Air : *Béranger et l'Académie.*

Quoi! vous m'offrez les honneurs, la puissance!...
Le vieux soldat n'en désire pas tant!
Très orgueilleux de mon indépendance,
Sur ce point-là, je suis intransigeant!

La foule, un jour vous acclame pour maître,
Le lendemain on n'est plus à son goût.
Non, mes amis, non, je ne veux rien être...

TOUS, parlé.

Oh!

TAPIN, achevant l'air.

C'est le moyen de parvenir à tout!

Et puis, je me connais... Dans une revue, il faut faire
des calembours et je ne sais pas en faire.

LA REVUE.

Mais tu me plonges dans le plus grand embarras...
j'avais compté sur toi et j'ai un titre : *Rataplan!*...

TOUS.

Rataplan!

LA REVUE.

Que je tiens à justifier. Tu nous aurais mené cela à
la baguette!

TAPIN.

Oh! la baguette!... Le fait est que ça me connaît...
A quinze ans, je battais la caisse et l'on m'appelait
Jean Tapin!

LA REVUE.

Jean Tapin! c'est bien ainsi que je comptais te présenter à mes spectateurs.

Air : *Nouveau de M. Boulard.*

C'est Jean Tapin, le tambour de la France!
Joyeux soldat, toujours leste et pimpant,
Au premier rang, le cœur plein d'espérance,
A la bataille il marchait en chantant!

On le connaît, son histoire est écrite,
En lettres d'or, au livre de l'honneur,
Est-il besoin de vanter son mérite
Et son courage et sa vaillante ardeur?

Quand il allait à travers la mitraille,
S'inquiétant peü des balles qui pleuvaient,
Comme à la fête, alors, à la bataille,
Nos régiments entraînés le suivaient!

La paix enfin succédait à la guerre,
Et l'on rentrait chacun dans son foyer,
Mais Jean Tapin alors, à sa manière,
Trouvait encor moyen de guerroyer :

Malheur cent fois à la sensible bonne
Dont il lorgnait le séduisant minois!
Quand pour Vénus il désertait Bellone,
Au régiment on vantait ses exploits.

Du premier coup il fallait bien se rendre
Tambour battant quand il menait sa cour,
Et la pauvrette à l'âme douce et tendre
Faisait rimer tambour avec amour !

C'était pour lui que l'aimable payse
Gardait toujours quelque provision
Et réservait, attentive et soumise,
Le meilleur vin et le premier bouillon.

On le supprime, on le met à la porte,
O mes amis, je crois en vérité,
Que Jean Tapin dans sa peau d'âne emporte,
En s'en allant, notre vieille gaîté !

ENSEMBLE.

C'est Jean Tapin, le tambour de la France !
Etc.

TAPIN.

·Ah! vous m'avez ému! je n'ai plus rien à vous refuser.

LA REVUE.

Je le savais bien! En route alors!

TOUS.

En route!...

La porte s'ouvre de nouveau et un domestique en grande livrée paraît tenant une carte sur un plateau.

LE DOMESTIQUE.

Pardon... la Revue, s'il vous plaît?...

LA REVUE.

Qu'y a-t-il?

LE DOMESTIQUE, présentant la carte.

De la part d'une personne qui demande à vous accompagner... Elle dit qu'aujourd'hui on la reçoit partout.

LA REVUE, prenant la carte.

La Politique!... Oh! jamais, par exemple!

TAPIN, au domestique.

Tu lui diras que c'est un voyage d'agrément. (Le domestique s'incline et sort.) Et maintenant, mes enfants, à vos rangs! je vais vous conduire une dernière fois! Nous voici sous la protection de la Revue, nous n'avons plus rien à craindre... Tambours à vos caisses!... Roulez!... Pour défiler, en avant! arche!

Les tambours défilent, conduits par Jean Tapin. Arrivé au fond du théâtre, celui-ci lance en l'air sa canne qui disparaît dans les frises. — Sortie générale.

Changement.

TROISIÈME TABLEAU

Les baraques.

Les baraques de la poste, aux Tuileries. — Au changement, grande animation de gens qui vont et viennent autour de la poste avec des lettres et des paquets. — Entrent des facteurs travestis.

SCÈNE PREMIÈRE

PROMENEURS, SIX FACTEURS, puis UN EMPLOYÉ.

CHŒUR.

Air : *Eh hop! eh hop! place à Mercure! (Orphée aux enfers.)*

> Eh hop! eh hop! qu'on se démène!
> Allons, en route, mes amis!
> Eh hop! eh hop! que rien ne traîne:
> Il faut parcourir tout Paris!
> La foule se dissipe sur une reprise du chœur.

DEUXIÈME FACTEUR.

En portons-nous, tout de même, de ces lettres!

TROISIÈME FACTEUR.

Si on pouvait savoir ce qu'il y a dedans...

QUATRIÈME FACTEUR.

Je suis sûr que ça serait joliment amusant.

L'EMPLOYÉ, entrant.

Ce qu'il y a dedans! Mais rien n'est plus facile.

PREMIER FACTEUR.

Tiens, c'est le père Benoit, le plus vieil employé de l'administration.

L'EMPLOYÉ.

Tenez, je vais vous montrer comment ça se pratique... Je prends tout simplement la missive, je la mets devant mon nez, et elle n'a plus de secrets pour moi!

CINQUIÈME FACTEUR.

Vraiment?

DEUXIÈME FACTEUR.

Tenez, celle-ci! elle sent la pipe!

L'EMPLOYÉ.

La pipe? Traduction : « Ma bonne vieille, veux-tu me prêter cent sous? Je te rendrai ça quand je serai nommé sous-préfet. » Et voilà!...

Il s'en va.

PREMIER FACTEUR.

Assez causé et pressons les départs... Qui va à Grenelle?

DEUXIÈME FACTEUR.

Moi!

PREMIER FACTEUR.

Au chemin de fer du Nord?

TROISIÈME FACTEUR.

Voilà!

PREMIER FACTEUR.

A la Bastille?

QUATRIÈME FACTEUR.

Moi !

PREMIER FACTEUR.

A Montmartre ?

CINQUIÈME FACTEUR.

Moi !

PREMIER FACTEUR.

A Belleville ?

SIXIÈME FACTEUR.

Moi !...

PREMIER FACTEUR.

C'est bien ! courez et ne flânez pas !

Les facteurs vont pour sortir, ils heurtent Tapin qui arrive avec la Revue. Tapin a quitté son uniforme pour prendre le costume traditionnel du compère.

SCÈNE II

LES MÊMES, TAPIN, LA REVUE.

TAPIN.

Sapristi !... faites donc attention, butors !...

CINQUIÈME FACTEUR.

Butor vous-même !

TAPIN.

Hein ?

SIXIÈME FACTEUR.

Vous n'avez qu'à vous ranger.

QUATRIÈME FACTEUR.

On ne flâne pas autour de la poste.

TAPIN.

Comment, la poste? Nous sommes ici à la poste?... (A la Revue.) Tu me dis : Je vais te conduire aux Tuileries et tu me mènes à la poste!... Nous sommes rue J.-J. Rousseau!

LA REVUE.

Mais non! nous ne sommes pas rue J.-J. Rousseau.

PREMIER FACTEUR.

C'est la poste qui est aux Tuileries, voilà tout.

TAPIN.

Aux Tuileries! Fichtre! vous vous mettez bien! un palais... rien que ça!

LA REVUE.

Oh! un palais, regarde...

TAPIN, se retournant.

Qu'est-ce que c'est que toutes ces cabanes à lapins?

DEUXIÈME FACTEUR.

Ce sont les baraques où on nous a installés provisoirement.

TROISIÈME FACTEUR.

Pendant que l'on reconstruit notre hôtel!

TAPIN.

Ah!

LA REVUE.

Mais ce ne sont pas les seuls locataires d'ici. Tiens, là-bas, tu vois la préfecture de la Seine et là le conseil

municipal, qui attendent aussi leurs nouveaux loge-
ments.

TAPIN.

La poste, la préfecture de la Seine, le conseil municipal...

Il s'incline profondément. — Se relevant.

Air : *Bouton de Rose.*

Que de baraques !
C'est la mode en France, à présent :
On campe ainsi que des Canaques.
Mais moi, je le dis franchement :
Trop de baraques !

DEUXIÈME FACTEUR.

Mais vous nous faites bavarder. Pendant ce temps,
nous manquons la levée.

TAPIN.

Diable ! Il ne faudrait pas !... La levée du soir, surtout... Allez vite !

TOUS.

En route !

REPRISE.

Eh ! hop ! eh ! hop !
Etc.

Ils sortent en courant.

SCÈNE III

TAPIN, LA REVUE, DEUX OUVRIERS.

TAPIN.

Ils sont gentils ces facteurs. C'est à vous donner en-

vie de ne pas respecter le secret de la correspondance !
Seulement, quand ils auront leur palais, qu'est-ce qu'ils
feront de leurs baraques ?

LA REVUE.

Oh ! ils ne seront pas embarrassés, ils les loueront...
très cher.

TAPIN.

Je parie que je sais à qui :

Air : *Les Anguilles et les Jeunes filles.*

Quand on ne sait plus trop que faire
D'un terrain qui ne vous sert pas,
Quand on désire s'en défaire,
Bref, quand on est dans l'embarras,
Pourquoi se faire de la bile
Et se tracasser désormais ?
Ce terrain qu'on trouve inutile,
On le loue... au Crédit Lyonnais !

(Parlé.) En attendant, je ne suis pas fâché d'être venu
ici. On y est tranquille. C'est un des rares endroits de
Paris qui ne soit pas bouleversé pour cause de répara-
tions.

PREMIER OUVRIER, paraissant au milieu avec une barre de
fer qui heurte Tapin.

Gare !

TAPIN.

Aïe !

PREMIER OUVRIER.

Otez-vous de là !

TAPIN.

Qu'est-ce que c'est que ça ?

PREMIER OUVRIER.

Un nouveau tramway qu'on installe. Otez-vous de là.

TAPIN.

C'est bon, on s'en va... (A la Revue, en descendant.) Mettons-nous là, nous serons bien pour causer.

PREMIER OUVRIER, descendant derrière eux.

Pardon... vous me gênez, prenez votre droite. (Il plante à la place où était Tapin un poteau avec l'inscription : *Rue barrée.*) Prenez votre droite.

TAPIN, à la Revue.

Rue barrée ! encore un changement de nom. Enfin, prenons notre droite, qu'est-ce que ça nous fait?... (Ils passent de l'autre côté.) Mettons-nous là, nous serons aussi bien pour causer.

DEUXIÈME OUVRIER, le bousculant.

Gare !

TAPIN.

Sapristi !

DEUXIÈME OUVRIER.

Otez-vous de là !

TAPIN.

Qu'est-ce qu'il y a encore?

DEUXIÈME OUVRIER.

Un nouveau tramway qu'on installe.

TAPIN.

On ne fait donc que ça?

DEUXIÈME OUVRIER, plantant un poteau, portant les mots :
Rue interdite.

Prenez votre gauche !

TAPIN.

Rue interdite! Encore un changement de nom!... Enfin!... (A l'ouvrier.) Mais, à gauche, il y a quelqu'un. On m'a dit de prendre ma droite... Je viens ici et voûs me dites de prendre ma gauche... Vous m'ennuyez à la fin! On n'est plus tranquille nulle part avec vos tramways.

PREMIER OUVRIER.

Justement!

TAPIN.

Paris va devenir inhabitable!

DEUXIÈME OUVRIER.

Tant mieux!

TAPIN.

Comment! tant mieux!

PREMIER OUVRIER.

Oui, ça nous amuse d'embêter le monde!

Air : *Duo des hommes d'armes. (Geneviève de Brabant.)*

PREMIER OUVRIER.

Voir les chevaux se fiche à terre,

DEUXIÈME OUVRIER.

Se fracasser et trépasser,

PREMIER OUVRIER.

Prendre une rue passagère,

DEUXIÈME OUVRIER.

Pour qu'on n'y puisse plus passer,

PREMIER OUVRIER.

Recommencer avec ivresse,

DEUXIÈME OUVRIER.

Des travaux à peine achevés...

ENSEMBLE.

Ah! quel plaisir! quelle allégresse
D'organiser des tramways!

PREMIER OUVRIER.

Sur ce, bonsoir.

DEUXIÈME OUVRIER.

On nous attend ailleurs.

LA REVUE.

Pour installer encore des tramways?

PREMIER OUVRIER.

Non, au congrès social!

DEUXIÈME OUVRIER.

Rue Bolivar!...

REPRISE ENSEMBLE.

Ah ! quel plaisir, quelle allégresse !
Etc.

Ils s'en vont bras dessus bras dessous.

TAPIN.

Ah! je ne veux pas rester une minute de plus ici...
Allons-nous en !

LA REVUE.

Soit, j'aperçois justement là-bas un tramway qui
passe... Il servira à nous sauver des autres.

TAPIN.

Je vais l'appeler... (Criant.) Pst! Pst!

SCÈNE IV

LA REVUE, TAPIN, PST-PST.

PST-PST, costume de gommeux exagéré et prétentieux.

Me voilà! Qu'est-ce que vous me voulez?

TAPIN.

A vous?... Rien!

PST-PST.

Pardon, vous m'avez appelé.

TAPIN.

Par exemple!

PST-PST.

Mais si!... Vous avez dit : Pst-Pst.

TAPIN.

Oui, eh! bien?

PST-PST.

Eh bien... Pst-Pst, c'est moi...

TAPIN.

Vous vous appelez Pst-Pst?

PST-PST.

Parfaitement!

TAPIN.

Quel drôle de nom!... Alors, chaque fois qu'on fait Pst! Pst!... vous arrivez?

PST-PST.

Oui, monsieur.

TAPIN.

Mais alors, quand vous passez sur le boulevard Bonne-Nouvelle, au moment où les nourrices...

PST-PST.

J'y suis pincé de temps en temps.

LA REVUE.

Ne plaisante pas... Tu as devant toi une des célébrités de cet été.

PST-PST.

Mon Dieu! oui... Je suis la chanson à la mode... la dernière scie du café-concert.

LA REVUE.

Paroles de Flam... Musique de Bard...

TAPIN.

Flambard! Deux nouveaux! Il faut encourager les jeunes... Chantez-moi ça... Je vois que vous en mourez d'envie...

PST-PST.

Volontiers...

Air connu.

I

Pour faire une chanson on cherchait au vieux temps
Quelques sujets bien gais, quelques traits bien piquants,
Mais j'ai changé tout ça! L'esprit et le bon sens,
La rime et la raison, n'ont que faire céans :

Moi, je dis : Pst! Pst! Pst!
Et grâce à Pst! Pst! Pst!
Le public en délir' s'écri' chaque soir :
Pst! Pst! Pst!
Maintenant, Pst! Pst! Pst!

2

RATAPLAN

Il n'y a que Pst! Pst! Pst!
On n'est pas de son siècl' si l'on ne chante pas
Pst! Pst! Pst!

II

Je sers en politiqu' comme partout ailleurs,
Et plus d'un candidat devant ses électeurs
M'emploie avec succès pour gagner leurs faveurs.
C'est moi qui lui-fournis ses discours les meilleurs :

J' défendrai Pst! Pst! Pst!
J'attaqu'rai Pst! Pst! Pst!
Citoyens, je m'engage à n' pas céder sur
Pst! Pst! Pst!
Assez de Pst! Pst! Pst!
Nous voulons Pst! Pst Pst!
Les électeurs charmés lui donnent tous leur
Pst! Pst! Pst!

III

Un gamin dans la ru' se promène en flânant,
Il voit un' petit' blonde au minois agaçant
Et par elle il se trouv' pincé subitement.
Ma petit', je te gob'! s'écrie-t-il à l'instant...

Si tu voulais Pst! Pst! Pst!
M'écouter, Pst! Pst! Pst!
Mon cœur est fasciné par ton ravissant
Pst! Pst! Pst!
Ah! sois ma Pst! Pst! Pst!
Moi j' s'rai ton Pst! Pst! Pst!
Avec toi tu verras comme je serai
Pst! Pst! Pst!

IV

Une petite dame ayant pour amoureux
Des blonds, des roux, des bruns, des jeunes et des vieux,

S'embrouillait dans leurs noms : c'était fort ennuyeux.
Maintenant, grâce à moi, tout marche pour le mieux :

> L'un s'appell' Pst! Pst! Pst!
> Et l'autre Pst! Pst! Pst!
> Plus d'Arthur ou d'Alfred, il n'y a plus qu' des
> Pst! Pst! Pst!
> Ah! mon cher Pst! Pst! Pst!
> Mon petit Pst! Pst! Pst!
> Et comme ça chacun croit qu'il est son seul
> Pst! Pst! Pst!

TAPIN.

Ah! bravo! bravo! tous mes compliments!

LA REVUE.

C'est charmant!

TAPIN.

Enfin, voilà un succès moral! un succès de bon aloi...
A la bonne heure... cela remet... réconforte... Oh! les
jeunes!... il n'y a que ça! merci!

PST-PST.

Monsieur, enchanté!... Je vous quitte bien vite... les
Ambassadeurs me réclament.

REPRISE DE L'AIR.

> Maintenant Pst! Pst! Pst!
> Il faut que je Pst! Pst! Pst!
> Et serrons-nous la main ainsi que de vieux
> Pst! Pst! Pst!

Il sort.

SCÈNE V

LA REVUE, TAPIN, puis UN COLLÉGIEN.

TAPIN.

Les ambassadeurs le réclament!... Voilà un petit jeune homme, parce qu'il chante une chanson bête comme chou, car, maintenant qu'il est parti, nous pouvons le dire entre nous : elle est bête comme chou, sa chanson... il vit au milieu des ambassadeurs, des diplomates!... C'est inouï... le goût se perd... En attendant, il nous a fait manquer notre pst, pst... heureusement que c'est un pst, pst, à vapeur, nous le rattraperons toujours... Allons, dépêchons-nous.

> A ce moment, un collégien effaré entre en scène. Il est sous l'empire d'une surexcitation violente.

LE COLLÉGIEN.

Où aller?... Que devenir?... que faire?... Infortuné!..

LA REVUE.

Voilà un petit garçon qui a l'air d'avoir bien du chagrin.

TAPIN.

Un pauvre enfant abandonné, peut-être? Ah! quand donc bâtirons-nous des maisons de refuge pour l'enfance?... Cependant celui-là a l'air d'être au collège...

LA REVUE, au collégien.

Qu'est-ce que vous avez, mon petit ami?

LE COLLÉGIEN.

Je n'ose pas rentrer chez papa... Il me flanquerait une tripotée!

TAPIN.

Pourquoi?

LE COLLÉGIEN.

Parce que je n'ai pas eu de prix cette année!

TAPIN.

Ah!

LE COLLÉGIEN.

Ça n'est pas ma faute, monsieur! je suis une victime du pouvoir, le ministère m'en veut! il a supprimé ma branche!

TAPIN.

Votre branche?

LE COLLÉGIEN.

Le vers latin!

TAPIN.

En effet, j'ai entendu parler de ça, mais je ne croyais pas que ce fût pour vous personnellement.

LE COLLÉGIEN.

Pardon, on me trouvait trop fort, je ne ratais jamais mon prix, alors, les ministres se sont dit : « C'est ennuyeux, ce Galuchet!... il n'y en a que pour lui... il accapare... Supprimons sa branche! »

TAPIN.

Vous étiez donc vraiment bien fort!

LE COLLÉGIEN.

Oh! monsieur!... la dernière fois que j'ai concouru, nous avions un sujet splendide : Comparer la lumière Jabloschkoff au gaz de la rue du 4 septembre. « *De Jabloschkoff, et quatuor septembri viæ luminibus.* » En attendant, je n'ose pas rentrer à la maison.

2.

. TAPIN.

A cause de la tripotée?

LA REVUE.

Allons, ne vous désolez pas, nous allons vous reconduire, monsieur et moi.

LE COLLÉGIEN.

Oh! que vous êtes bons! soyez bénis!... mais, c'est
égal... (Se posant.)

Air : *Des feuilles mortes*.

Mes jours sont condamnés ! je vais quitter la terre !
Au vers latin proscrit je ne survivrai pas :
Telle une fleur fragile, à la vie éphémère,
Soudain, languit et meurt au baiser des frimas.
Du céleste séjour entr'ouvrez-moi les portes !
Virgile! ô mon patron, je m'élance vers toi!...
Quand vous verrez tomber les langues mortes,
Vous qui m'avez aimé, vous penserez à moi!

TAPIN.

Et maintenant, je vais vous reconduire chez votre
père!

Il le prend sur son dos et sort avec la Revue.

SCÈNE VI

UN COCHER, UN MONSIEUR.

UNE VOIX, au dehors.

Avancez donc, cocher!

UNE AUTRE VOIX.

J'avance, bourgeois, j'avance !

Entre un fiacre tout couvert d'annonces. — Les stores sont
baissés. — En voyant le fiacre, plusieurs passants s'a-
massent.

LE COCHER.

Du monde... Ho ! ho !... Là !...

Il arrête son cheval.

LE MONSIEUR, ouvrant le store avec fureur et se penchant à
la portière.

Ah çà ! cocher, vous voilà encore arrêté ?

LE COCHER.

Vous voyez bien qu'on lit !...

LE MONSIEUR.

On lit ! on lit ! je m'en moque !

LE COCHER.

Vous, possible, mais moi, j'ai des annonces, c'est
pour qu'on les lise !... (Aux passants.) Prenez votre temps...
ne vous gênez pas.

LE MONSIEUR, énervé, descendant de voiture.

Oh ! (Regardant autour de lui.) Comment, les Tuileries !
Il m'a amené aux Tuileries ! quand je suis en bonne
fortune ! (Se tournant vers le cocher.) C'est une plaisanterie !

LE COCHER, descendant de son siège.

De quoi ? Qu'est-ce qui est une plaisanterie ?

LE MONSIEUR.

Je vous avais dit de prendre par les petites rues !

LE COCHER.

Les petites rues ! Ah çà ! est-ce que vous vous imaginez que pour vos quinze sous, vous me ferez aller dans des endroits où il ne passe personne! J'ai des annonces, c'est pour qu'on les lise!

LE MONSIEUR.

Oh! je bous! et pas une autre voiture à l'horizon! Moi qui avais pris celle-ci parce que c'est moins cher...

LE COCHER, remontant, aux passants.

Donnez-vous le temps, ne vous gênez pas!

LE MONSIEUR.

Prenons-le par la douceur, c'est le seul moyen... (Haut.) Voyons, mon ami, un mot: je suis là avec une dame... une dame qui...

LE COCHER.

Une bonne amie, quoi!

LE MONSIEUR.

Oui!

LE COCHER.

Et vous ne le dites pas tout de suite...

LE MONSIEUR, à part, avec joie.

Ah! ça l'a touché!

LE COCHER.

Fallait parler plus tôt... Je vous aurais donné quelques conseils... Vous n'avez rien de séduisant... Je vous aurais rendu capable de plaire à une reine.

LE MONSIEUR.

Mais...

LE COCHER.

D'abord, qu'est-ce que c'est que tous ces points noirs que vous avez là sur le nez? c'est pas beau...

LE MONSIEUR, furieux.

Permettez, cocher!...

LE COCHER.

L'anti-bolbos, monsieur! Il n'y a que ça... (Allant à sa voiture.) Du reste, j'ai là votre affaire...

LE MONSIEUR.

Comment?

LE COCHER.

C'est une idée de moi... comme j'ai une voiture réclame, je fais la place en même temps... (Lui donnant une fiole.) L'anti-bolbos demandé... Souverain contre la légion des points noirs. Entre nous, ça ne fera pas de mal, car vous en avez besoin !

LE MONSIEUR.

Besoin!

LE COCHER, reniflant.

Oh!

LE MONSIEUR.

Quoi?

LE COCHER.

Oh! je ne sais pas, mais vous semblez manquer de suavité!

LE MONSIEUR.

Par exemple!

LE COCHER, lui donnant une autre fiole.

Heureusement, avec le parfum de la femme aimée il n'y paraîtra plus; vous aurez l'haleine d'une rose.

LE MONSIEUR, hors de lui.

Insolent! voulez-vous bien me faire le plaisir de reprendre tout ça, et de vous remettre sur votre siège!

LE COCHER, s'en allant.

C'est bon!... On y va... Mais vous avez tort!

LE MONSIEUR.

En voilà assez!

LE COCHER, qui s'est réinstallé.

Y êtes-vous?... Vous savez, il y a assez longtemps que je suis là... Faut que j'aille autre part... J'ai des annonces... c'est pour qu'on les lise.

LE MONSIEUR.

C'est bien... je vais vous payer, je ne vous garde pas... (Tirant son porte-monnaie.) Heureusement que ce n'est pas cher... Tenez, voilà vingt sous...

LE COCHER.

Vingt sous!... Mais ce n'est pas mon compte!...

LE MONSIEUR.

Comment, pas votre compte? Quinze sous de course et cinq sous pour vous...

LE COCHER.

Nous avons quatre heures à vingt-cinq sous, ça fait cinq francs.

LE MONSIEUR.

Quatre heures!... Pour venir de la rue de la Paix ici?

LE COCHER.

Dame... et les arrêts!... faut bien compter les arrêts!

LE MONSIEUR.

Les arrêts?... Attends, va!... je vais prendre ton numéro et déposer une plainte.

LE COCHER.

Mon numéro! jamais! (Fouettant son cheval.) Hue!
Coco!...

> La voiture disparaît. — On voit une main gantée passer par
> la portière, et on entend une voix de femme qui crie :
> *Arthur! Arthur!*

LE MONSIEUR.

Ciel! Élisa!... Il emmène Élisa!...

> Il sort en courant devant la voiture. — On entend une dis-
> cussion.

SCÈNE VII

TAPIN, LA REVUE, puis LES HORLOGES PNEUMATIQUES, puis LE CANON DU PALAIS-ROYAL.

TAPIN, revenant du côté opposé, avec la Revue.

Qu'est-ce que c'est que ça?.. Des cris... un embarras
de voiture... C'est pourtant bien rare à Paris...

LA REVUE,

C'est un monsieur qui se dispute avec son cocher...
Une question d'heure, sans doute... On ne sait plus
l'heure, maintenant...

TAPIN.

Comment, on ne sait plus l'heure?... Il n'y a donc
plus d'horloges?

LA REVUE.

Au contraire, il y en a trop... Tiens! vois plutôt...

> Entrent trois horloges tenant à la main des colonnes surmon-
> tées d'un cadran.

RATAPLAN

LES HORLOGES.

Air : *de M. Boulard.*

Les horloges pneumatiques
Ne se trouv'nt jamais d'accord,
Mais, à part ce petit tort,
Ell's sont uniques!

PREMIÈRE HORLOGE.

Je soutiens qu'il est deux heures et demie.

DEUXIÈME HORLOGE.

J'affirme qu'il est une heure un quart.

TROISIÈME HORLOGE.

Et moi, je maintiens qu'il est midi!

TAPIN.

Voyons! ne vous disputez pas... nous allons faire la moyenne... Mettons quatre heures et n'en parlons plus... Alors, vous êtes?

PREMIÈRE HORLOGE.

Les horloges pneumatiques, une nouvelle invention...

DEUXIÈME HORLOGE.

Grâce à laquelle on se passe maintenant de mouvement, de ressort, de balancier...

TAPIN.

Et d'heure...

TROISIÈME HORLOGE.

Mais non, monsieur!... Nous avons chacune la nôtre, voilà tout...

TAPIN.

C'est charmant!... Mais moi, comme ancien militaire,

il y a une horloge que je préfère encore à toutes les autres, c'est mon vieux canon du Palais-Royal...

LE CANON DU PALAIS-ROYAL, entrant.

Le canon du Palais-Royal!... Comment! vous ne savez pas?...

TAPIN.

Quoi?

LE CANON DU PALAIS-ROYAL.

Supprimé, monsieur!

TAPIN.

Supprimé!... On vous a supprimé!...

LE CANON DU PALAIS-ROYAL.

Hélas! oui!...

Air: *Lorsque l'on s'aime tendrement.*

A midi, pour se divertir,
On accourait me voir partir.
Toujours à l'heure, sans faillir,
Chacun m'entendait retentir.
Hélas! ces beaux jours vont finir!
A mon sort daignez compatir:
Aujourd'hui qu'on me fait partir,
Je ne vais plus pouvoir partir!

TAPIN.

Ah çà! c'est donc une manie?... On supprime tout, cette année.

LA REVUE.

Tu l'as dit:

Air *connu.*

On supprime!
On supprime!

3

RATAPLAN

C'est le mot d'ordre partout,
On s'escrime,
On s'escrime
A ne rien laisser debout !

On supprime en politique
Ce qu'hier on trouvait bien,
Ce qu'aujourd'hui l'on pratique,
Sera supprimé demain.

TOUS.

On supprime !
Etc.

TAPIN.

On supprim' plus d'une chose,
Qu'on n' veut pas autoriser...
Mais qu'ici pour plus d'un' cause
Je ne puis vous préciser.

TOUS.

On supprime !
Etc.

LE CANON DU PALAIS-ROYAL.

On supprim', c'est une rage,
Les magistrats, les soldats,
Et l'on finira, je gage,
Par n' laisser qu' les avocats !

TOUS.

On supprime !
Etc.

LA REVUE, désignant des lions qui passent au fond du théâtre
emportant plusieurs objets de mobilier et de ménage.

Enfin, ces lions qu'ont pas d' veine
Supprimés *ex abrupto*,
Qu'on expuls' de la fontaine,
De la plac' du Château-d'Eau !

TOUS.

On supprime!...
Etc.

TAPIN.

Pourtant je voudrais m'instruire :
Ma chère, dites-moi donc,
Ce qu'on s'occupe à détruire,
Par quoi le remplace-t-on?

LA REVUE, parlé.

Ah! tu en demandes trop long!...

REPRISE.

On supprime!...
Etc.

TAPIN.

Avec tout ça, je ne saurai pas l'heure aujourd'hui...

SCÈNE VIII

LES MÊMES, L'HEURE PARISIENNE.

L'HEURE, paraissant.

Si! je vais te le dire, moi ..

TAPIN.

Toi!... Mais qui es tu?

L'HEURE.

L'heure parisienne... le guide le plus sûr que tu
puisses trouver... Auprès de moi, le meilleur chrono-
mètre n'est rien... Écoute et tu vas en juger :

Air : *Nouveau de M. P. Lacome.*

C'est la Parisienne
Qui doit à tous moments
Te guider sur le temps :
Écoute-moi, sans peine
Tu comprendras comment
On connaît à l'instant
L'heure parisienne !

Sept heures du matin, la petite ouvrière
Va déjà trottinant dans Paris endormi
Et, les cheveux au vent, gracieuse et légère,
Se fredonne en marchant son refrain favori.

Là-bas, une amazone à la taille cambrée
File rapidement : A peine tu la vois
Eh hop ! tout disparaît au détour d'une allée :
C'est neuf heures, l'on va respirer l'air du bois.

Dix heures, gravissant les hauts degrés de pierre
Qui font voir au passant un bas de jambe exquis,
La petite comtesse, en toilette sévère,
Entre à la Madeleine et songe au Paradis !

Onze heures, c'est l'instant où l'on voit la bourgeoise
Promenant au marché son museau si gentil,
Marchandant mille objets et guettant, la sournoise,
Un bon petit perdreau pour Arthur — son mari !

Devant le Café Riche un coupé brun s'arrête,
Une femme élégante en sort : il est midi,
Madame avec monsieur déjeûne en tête-à-tête.
C'est la lune de miel, ils ont bon appétit !

Deux heures, il fait beau, la mignonne voiture
Abrite doucement un enfant qui sourit :
La petite maman conduit d'une main sûre
Le léger équipage où s'endort son petit !

Quatre heures ! il le faut... Les cocottes majeures
Font, avec leurs bijoux, l'éternel tour du lac,
Jusques au moment où, la gantière, à sept heures,
Essaie des gants blancs à des messieurs en frac :

Dix heures, c'est le soir : une autre femme existe,
Sur elle je me tais, car, quant à celle-là,
Il faut, pour en parler, être naturaliste,
Et j'en laisse le soin à l'illustre Zola !

Minuit : une ombre exquise, une forme légère
Se profile un instant derrière un fin rideau...
La robe se détache... on éteint la lumière :
Madame est fatiguée et va faire dodo...

> C'est la Parisienne,
> Etc.

Tiens, justement, je sens là comme des tiraillements,
Il est quatre heures... L'heure du pâtissier... Tu vas venir nous offrir des gâteaux...

TAPIN.

Volontiers, charmante heure... allons chez le pâtissier...

SCÈNE IX

LES MÊMES, TANNER.

TANNER, entrant. Il est extrêmement maigre.

Chez le pâtissier !... Vous allez manger !... Folie ! Fu-
tilité !... Illusion !...

TAPIN.

Qu'est-ce que c'est que ce sécot-là ?

TANNER.

La nourriture a fait son temps, monsieur... j'en suis la preuve vivante... Moi qui vous parle, je viens de rester quarante jours sans manger.

LA REVUE.

Ça se voit...

TAPIN.

Mais alors, vous êtes le fameux docteur américain qui aviez fait ce pari bizarre ?

LA REVUE.

Tu ne l'as pas reconnu tout de suite ?...

TAPIN.

Eh bien ! vous pouvez vous vanter d'avoir occupé les badauds... ça commençait même à nous *tanner* joliment !

Air : *de la Ronde du Brésilien.*

I

Ce fut une bien bonne histoire :
Bonté du ciel! avons-nous ri ! *(Bis en chœur.)*
Il faut l'avoir vu pour le croire,
Nous en perdions tous l'appétit ! *(Bis en chœur.)*
A peine au lever de l'aurore,
On s'arrachait tous les journaux :
Le soir on les lisait encore,
Tous, même les plus radicaux !
Et chacun marchait à grands pas
En se disant tout bas :
Mang' ra-t-il ?
Mang' ra-t-il ?
Mang' ra-t-il ou n' mang' ra-t-il pas ?

TANNER.

Malheureus'ment, je n' mangeais pas !

TOUS.

Tra la ! la ! la ! la ! la !
Etc.

II

TAPIN.

On voyait errer par la ville
Des gens de toutes les couleurs : *(Bis en chœur.)*
Des ouvriers sans domicile
Mêlés à des ambassadeurs ; *(Bis en chœur.)*
Des femm's avec leur petit' fille,
Des homm's avec leur p'tit garçon,
Sur la place de la Bastille,
A la Mad'leine, à Charenton !
Chacun arpentait à grands pas
En se disant tout bas :
Mang' ra-t-il ?
Mang' ra-t-il ?
Mang' ra-t-il ou n' mang' ra-t-il pas ?

TANNER.

Malheureus'ment, je n' mangeais pas !

TOUS.

Tra la ! la ! la !
Etc.

TAPIN, à Tanner.

Mais, maintenant, que votre pari est gagné, vous
pouvez remanger ?...

TANNER.

Oui...

LA REVUE.

Alors pourquoi ne mangez-vous pas ?

TANNER.

Parce que, maintenant, je peux manger, mais je ne digère plus...

TAPIN.

Oh ! dame !... mon gros père, on ne peut pas tout avoir. (Aux autres.) Allons, laissons là ce jeûneur gêneur et en route pour la pâtisserie.

TOUS.

En route !...

REPRISE DU REFRAIN.

Tra la ! la ! la ! la ! la ! la !
Etc.

Tanner, les horloges, l'heure parisienne et le canon s'éloignent. — Au moment où Tapin et la Revue vont les suivre, entre une colleuse d'affiches, qui place à gauche une affiche rose.

SCÈNE X

TAPIN, LA REVUE, DEUX COLLEUSES D'AFFICHES.

TAPIN, lisant.

Léontine, candidate opportuniste. (Une deuxième colleuse entre et place à droite une affiche sang de bœuf.) Henriette, candidate ultra radicale. Qu'est-ce que c'est que ces affiches-là ?

PREMIÈRE COLLEUSE.

C'est pour les élections.

DEUXIÈME COLLEUSE.

Pour la réunion publique.

TAPIN.

Ah ! des élections... une réunion publique... Parfait!.. mais, Léontine, Henriette, ce sont des noms de femmes...

LA REVUE.

Eh bien ! oui... il y a une réélection de députés... et ces dames se disputent un siège...

TAPIN.

Ces dames !...

LA REVUE.

Oui, Léontine, la fameuse Léontine, et Henriette, la célèbre Henriette !...

TAPIN.

Elles aspirent à la députation ?

LA REVUE.

Mais certainement, tu n'as donc pas lu la brochure de ces derniers temps, la brochure dont tout le monde parle : « *Les femmes qui tuent et les femmes qui votent ?* »

TAPIN.

Je m'en suis bien gardé.

Air : *Si ce n'est pas pour ton mari. (Chevaliers de la Table ronde.)*

> Je respecte le grand talent
> De l'auteur de cet opuscule,
> Mais le système qu'il défend
> Me laisse, moi, bien incrédule :
> La femme a tout pour nous charmer,
> C'est un parfum, c'est une rose ;
> Ell' n'est pas faite pour voter ⎱ *Bis.*
> Elle est faite pour autre chose ! ⎰

Bruit de coulisse.

3.

LA RÉVUE.

Tiens ! Voici Léontine en personne qui va défendre sa candidature.

SCÈNE XI

LES MÊMES, LÉONTINE.

CRIS, au dehors.

Vive Léontine ! vive Léontine !

LÉONTINE, toilette très élégante, très parisienne. Elle entre en portant dans ses bras un bouquet énorme. — A la cantonade.

Merci ! mes amis ! merci !... Ne criez pas vive Léontine ! criez : vive un principe ! (Entrant.) Quelle ovation ! mes enfants !... quelle ovation !...

TAPIN, qui s'est approché d'elle.

Ah ! les jolies fleurs...

LÉONTINE.

N'est-ce pas ?... on vient de me les donner à l'instant.

TAPIN.

Parbleu ! un monsieur qui...

LÉONTINE.

Un monsieur ! Pour qui me prenez-vous ?... Non... ce sont les petites filles de l'arrondissement qui me les ont offertes... je suis si populaire...

TAPIN.

Ça ne m'étonne pas, avec une figure comme la vôtre.

LÉONTINE.

Ce n'est pas à cause de ma figure, monsieur... c'est à cause de mon éloquence... je suis députée... Et je me présente aux nouvelles élections.

TAPIN.

Député!... pas possible... je me les figurais tous laids.

LÉONTINE.

Il y a des exceptions, vous voyez...

TAPIN.

Mais, dites donc, cette profession-là doit beaucoup vous gêner pour vos affaires de ménage?

LÉONTINE.

Oh! mon ménage... c'est mon mari qui s'en occupe.

TAPIN.

Ah! vous êtes mariée... Pauvre homme!... Mais quand il y a des séances de nuit?

LÉONTINE.

Oh! monsieur, je les adore, les séances de nuit!... Je les provoque, au besoin.

TAPIN.

Comment?

LÉONTINE.

Vous allez comprendre... Autrefois, je disais à mon mari. « Ma tante de Melun est très malade, je suis forcée d'aller veiller à son chevet... » Seulement, ça ne pouvait pas se faire souvent... Maintenant, ça va tout seul : j'interpelle le ministère, on décide qu'il y aura une séance de nuit... et alors...

TAPIN.

Vous allez siéger?

LÉONTINE.

Siéger... Pas précisément.

TAPIN, à part.

Pauvre homme! (Lui prenant la taille.) Ah! ah! ah!

LÉONTINE, se dégageant.

Eh bien, monsieur! vous oubliez que je suis inviolable!

TAPIN.

C'est juste!... Mais je serais curieux de connaître le discours que vous allez prononcer.

LÉONTINE.

Rien de plus facile. Je vais vous en donner un échantillon. (Elle se pose comme pour parler. — S'arrêtant.) Ah!... seulement... je ne puis parler sans tribune...

TAPIN.

Sans tribune... Diable!... c'est que... une tribune...

LÉONTINE.

Rassurez-vous... j'ai toujours la mienne avec moi.

Elle fait un signe, deux femmes en costume d'huissières apportent une tribune et deux chaises.

TAPIN, à la Revue.

C'est une femme de précaution.

LÉONTINE, revenant à Tapin.

Maintenant, autre chose... Vous allez me faire de l'opposition, n'est-ce pas?... Sans interruption, il n'y a pas de discours possible.

TAPIN.

Comptez sur moi... je me charge du rôle de la vieille barbe. Allons-y!... (S'asseyant et prenant un fort accent gascon.) La parole est à madame Léontine!

LÉONTINE.

Je vais la prendre. (Elle monte à la tribune, mais, en montant, elle s'embarrasse dans sa robe.) Oh! ces robes!... Aujourd'hui, avec les couturières, on ne fait plus ce qu'on veut...

TAPIN, tapant du pied.

Eh bien!... voyons!... Est-ce pour aujourd'hui?... (Au public.) Hein? suis-je assez vieille barbe?...

LÉONTINE.

Je suis à vous... (Pérorant, avec gestes.) Mesdames et chères électrices. (S'interrompant.) Oh! cette robe!... (Reprenant.) C'est la première fois que je me retrouve au milieu de vous depuis mon grand discours de Trouville...

TAPIN.

Bravo! bravo!...

LÉONTINE.

Et qui le croirait?... c'est pour me défendre!

TAPIN, se démenant.

Oui! oui! Non! non!... Allez!... N'interrompez pas!... (Au public.) Mouvements divers...

LÉONTINE.

On m'attaque! moi, dont tous les efforts n'ont qu'un seul but, le bien de toutes les couches!... On m'accuse d'être tiède.

TAPIN, même jeu.

Non! non!... Si... si!... Parlez!... Silence!... Ne répondez pas!... Votre père a vendu la France!... C'est vrai!... Mais on lui redoit quinze francs!... à l'ordre!... (Au public, en se rasseyant.) Longue agitation sur un grand nombre de bancs...

LÉONTINE, reprenant.

Tiède! moi!... Mais relisez donc mon grand discours de Trouville. Relisez-le... Ah! si ma collègue du deuxième arrondissement n'était pas dans une situation aussi intéressante, elle serait à mes côtés pour vous dire que je suis toujours digne de votre confiance.

TAPIN, même jeu.

Bravo! oui... (Changeant de ton.) mais malheureusement, elle s'occupe de son arrondissement.

LÉONTINE.

Et aujourd'hui, quelle femme m'oppose-t-on? (Tapant sur la tribune.) Quelle femme, je vous le demande?

HENRIETTE, dans la coulisse.

Hareng qui glace!... qui glace!...

LÉONTINE.

Justement, la voilà, ma rivale! je l'entends!... C'est Henriette! Henriette!... une simple marchande de poissons!...

SCÈNE XII

LES MÊMES, HENRIETTE.

HENRIETTE, entrant, en costume de harengère.

De quoi? de quoi?... Est-ce qu'une marchande de poissons ne vaut pas une mijaurée comme toi?... De quoi que tu te plains?... Est-ce que je t'ai jamais vendu quelque chose qu'a pas voulu cuire?... Non! mais, regardez-la donc, cette citoyenne en sucre d'orge!... C'est pas une raison parce que tu sens la poudre de riz pour que tu vailles mieux que moi qui sens l' hareng!... Eh bien! oui!... l'hareng!... C'est une odeur comme une autre, une odeur saine, une odeur honnête!...

TAPIN.

Il faut tirer cela au clair. Qu'est-ce que vous allez lui répondre?

LÉONTINE, quittant la tribune.

Oh! vous allez voir! c'est bien simple! (Se posant.) Je vais répondre en deux mots aux injures de madame.

HENRIETTE.

Vas-y, je t'écoute.

LÉONTINE.

Air : *Nouveau de M. Boulard.*

I

Nous avons conquis sur les hommes
Nos privilèges et nos droits,
Aujourd'hui, mesdames, nous sommes,
Ce qu'ils étaient seuls autrefois,
Ces droits conquis avec grand'peine,
Pour les défendre il faut lutter,
Bref, il vous faut, chose certaine,
Quelqu'un pour vous représenter...

Voyez ma tournure,
Voyez ma figure :
Jamais vous ne trouverez mieux.
Ma gentille mine,
Ma voix si câline
Ce sont, je crois des titres sérieux :
Nommez! nommez Léontine!

II

A la chambre, un jour de séance,
Qu'un homme veuille protester,

Je réponds qu'à mon éloquence
Il ne saura pas résister.
Il aura beau faire et beau dire,
Il ne sera pas écouté,
Un seul regard, un seul sourire,
J'enlève la majorité !

Voyez ma tournure,
Etc.

HENRIETTE.

Dis donc, chérie, t'as fini?

LÉONTINE, avec une révérence moqueuse.

Oui, madame!

HENRIETTE.

Madame!... Elle m'insulte!... (Allant à elle.) J' suis pas une madame, entends-tu?... C'est bon pour toi, qui passes tout son temps dans ton cabinet de toilette... J' suis une femme du peuple, moi!... J' suis une marchande d'harengs qui ne doit rien à personne et qu'a jamais varié dans sa ligne politique... On m' connait dans le quartier et t'auras beau dire, c'est moi que j' s'rai nommée...

LÉONTINE.

Vous?

HENRIETTE.

Oui, moi! Mijaurée!... Pimbêche!... Nana!...

LÉONTINE, suffoquée.

Nana!

TAPIN.

Mais ce n'est pas Henriette, alors c'est Margue... rite!

LÉONTINE, avec menace.

Elle m'appelle Nana!... Attends, va!...

HENRIETTE, se mettant en défense.

Viens-y donc!...

TAPIN.

Voyons, mesdames, je sais bien que c'est parlementaire... Mais, un peu de tenue, ou gare le petit local!

LÉONTINE.

Vous avez raison, je ne puis me commettre avec madame... Mais nous nous retrouverons!... à la tribune!

HENRIETTE.

Quand tu voudras!...

LÉONTINE.

Adieu, monsieur, vous me soutiendrez, n'est-ce pas?... Et je serai renommée...

Elle sort.

HENRIETTE.

Elle a bien fait de s'en aller, sans ça, je l'aurais cassée.

TAPIN.

Ah! ces femmes m'ont rompu la tête!... Je donnerais je ne sais quoi pour être un peu tranquille à la campagne.

HENRIETTE.

Moi aussi!... Ça me calmerait.

TAPIN.

Oh! les champs! l'air pur! Les fraîches idylles...

LA REVUE.

A la campagne! Tu veux être à la campagne? c'est facile!... Tiens!...

Elle étend la main.

Changement.

QUATRIÈME TABLEAU

Les Environs de Paris.

Un paysage dont les arbres sont rabougris et étiolés. — Verdure jaunie et comme brûlée. — A perte de vue, on aperçoit des cheminées d'usines et des écriteaux avec ces inscriptions : SOCIÉTÉ DE VIDANGES. — ENGRAIS PARISIENS. — FABRIQUE DE SULFATE D'AMMONIAQUE. — ENTREPOT DE POUDRETTE. — DÉPOTOIR. — GRAND ÉGOUT DE SAINT-GERMAIN. — Sur la route, long défilé de voitures de vidanges. — Sur un des côtés, cabaret avec cette enseigne : A LA VUE DU DÉPOTOIR, MATELOTES ET FRITURES.

SCÈNE UNIQUE

LES MÊMES, DES CANOTIERS, puis DES CANOTIÈRES, BOURGEOIS, GRISETTES, etc.

LA REVUE, après le changement.

Voilà !

TAPIN.

Enfin ! je vais donc respirer ! (Aspirant l'air, puis changeant de figure.) Oh ! oh !

LA REVUE.

Quoi?

HENRIETTE.

Qu'est-ce que tu as?

TAPIN.

Qu'est-ce que ça sent donc?

LA REVUE.

C'est le progrès...

TAPIN.

Le progrès! Ah bah!

Entrent des canotiers, bras dessus, bras dessous, des couples amoureux, un bourgeois portant un melon, etc.

CHŒUR.

Ah! qu'il fait donc bon,
Qu'il fait donc bon
Cueillir la fraise!
Ah! qu'il fait donc...

TOUS, s'arrêtant.

Oh!...

LA REVUE.

Voilà ce qu'on a fait de la campagne, cette année...

HENRIETTE.

Et de Paris, donc!

TAPIN.

Le fait est que Paris aujourd'hui... Ah! mes enfants!...

RONDE.

Air nouveau de M. P. Lacome.

I

TAPIN.

Un parfum subtil, pénétrant,
Qui n'est pas celui de la rose,
Mais qui nous rappelle autre chose,
Nous envahit à tout moment.
Plus de plaisirs et plus de fêtes,
Adieu paniers, v...endang's sont faites!

Ah! mes amis! (*Bis.*)
Vrai! ça n' sent pas bon dans Paris!

TOUS.

Ah! mes amis!
Etc.

II

LA REVUE.

A tout moment, à tout propos,
On voit surgir un' polémique,
Où l'on se donne la réplique
Avec des injur's, des gros mots.
On prend le langage des halles,
On étale tous ses scandales...
Ah! mes amis! (*Bis.*)
Vrai! ça n' sent pas bon dans Paris!

III

HENRIETTE.

L'aut' jour, j' vends du poisson pas frais
On me menace d'une amende,

— C'est-il juste, je vous l' demande? —
Sous prétexte qu'il sent mauvais :
L'odeur que mon poisson exhale
Vaut bien cell' de la capitale !

Ah! mes amis! (*Bis.*)
Vrai! ça n' sent pas bon dans Paris!

TAPIN, parlé.

Moralité!

IV

A quelque chos' malheur est bon,
Il ne faut pas par trop médire
De la senteur que l'on respire,
Car, si le proverbe a raison,
C'est, dit-on, signe de richesse :
Chantons donc avec allégresse...

Ah! mes amis! (*Bis.*)
Dieu! qu'ça sent mauvais dans Paris!

TOUS.

Ah! mes amis!
Etc.

Rideau.

ACTE DEUXIÈME

—

CINQUIÈME TABLEAU

**Un Cabinet particulier chez un Restaurateur
à la mode.**

Portes au fond et à droite. — A gauche, un divan et une table.
— A droite, premier plan, une fenêtre. — Au fond, une console
sur laquelle se trouve une manne de service.

—

SCÈNE PREMIÈRE

LE GARÇON, seul, mettant le couvert.

Comme on change, tout de même!... Autrefois,
quand j'étais de service dans ce cabinet, au 5, et que
je préparais le couvert pour une belle petite venant
souper en tête-à-tête avec un beau petit, j'étais enchanté. Quand paraissait le jeune couple, j'avais un
petit clignement d'œil spécial qui voulait dire : vous

savez, mes enfants, ne vous gênez pas... Bref, je les
encourageais dans la voie du crime. C'étaient mes petits bénéfices... Aujourd'hui cette conduite me fait horreur! Je suis devenu un garçon de cabinet vertueux...
Voici comment : un jour, M. Sardou, l'auteur dramatique célèbre, déjeunait en bas... Ah! qui n'a pas vu
déjeuner M. Sardou n'a rien vu! Il mangeait une simple côtelette... mais avec quel art!... C'est beau de voir
manger un homme de ce talent-là!... Au moment du
pourboire, comme je lui présentais l'addition d'une
main émue, il me dit de sa voix douce : « Mon ami,
je suis M. Sardou, de l'Académie Française... je
vais prononcer tout à l'heure un grand discours sur
la vertu, voici un billet pour vous... Allez m'entendre,
ça vous fera du bien... » J'y fus.. Ah! quelle éloquence!... Quelles paroles saines!... Quel apôtre!... Je
fus retourné comme un gant; je pleurai à chaudes
larmes, j'étais converti!... A la suite d'une révolution
semblable, d'autres auraient changé de profession...
moi, au contraire, je restai... Il y a du bien à faire
dans les cabinets particuliers comme partout ailleurs...

Air : *du Cabaret de Lustucru.*

I

Aux clients d'allure indécise
D'abord je lance un regard froid.
Ça veut dire : pas de bêtise,
Ou vous aurez affaire à moi !
Et puis, si je crains un scandale,
J'entre sur la pointe des pieds...
Et je sauve ainsi la morale
Des cabinets particuliers!

II

L'apôtre prêchant la morale,

Au bout des mers ne va-t-il pas
Chez le Niam-Niam, le Cannibale,
Affrontant mille et un trépas?
Poussé par sa noble entreprise
Il va sous les cieux meurtriers...
Moi, je fais mieux, je moralise
Les cabinets particuliers !

D'ailleurs j'ai inventé un truc infaillible pour ramener les clients au bien! il ne rate jamais... c'est une noble tâche!... Courage!... (Changeant tout à coup de ton.) Tiens, j'ai oublié les fourchettes... (Au moment de sortir il s'arrête devant la porte du fond.) Encore un verrou à cette porte, mais je passe ma vie à les ôter ! (Il ôte le verrou.) Aïe donc!.. Je n'en veux pas de verrous, je n'en veux pas!...

Il disparaît au fond.

SCÈNE II

SÉRAPHITA, GEORGES.

Dès que le garçon est sorti, la porte de droite s'ouvre et Séraphita entre, enveloppée dans une pelisse et la tête couverte d'une dentelle. Après avoir jeté un coup d'œil autour d'elle, elle retourne à la porte et appelle.

SÉRAPHITA.

Par ici, mon ami, par ici.

GEORGES, entrant, la figure dissimulée par un large cache-nez.

Je vous suis aveuglément... Nous sommes arrivés?

SÉRAPHITA, levant sa voilette.

Oui.

GEORGES, se laissant tomber sur une chaise.

Enfin!... je respire... (Moment de silence.) Séraphita, une question, une seule... Vous êtes sûre qu'on ne nous a pas vus?

SÉRAPHITA.

Oui.

GEORGES.

Vous en êtes bien sûre?

SÉRAPHITA.

Très sûre...

GEORGES.

Je respire... mais, c'est que si vous n'en étiez pas sûre...

SÉRAPHITA.

Mais certainement!... personne n'a pu nous voir... Voyons, mon ami, ôtez tout cela!

GEORGES.

Je me risque.

Il ôte son cache-nez et son pardessus.

SÉRAPHITA, qui a également retiré son manteau et sa dentelle, se tournant vers lui.

Ah!.Georges, que vous êtes beau!

GEORGES.

N'est-ce pas... Aussi je tiens à ma figure.

SÉRAPHITA.

Et moi...

GEORGES.

J'y tiens énormément... je ne veux pas qu'on me l'abime.

4

SÉRAPHITA.

Oh! mon ami, quelle idée!

GEORGES.

Ce n'est pas une idée... il y a des exemples... de fâcheux exemples... Vous ne lisez donc pas les journaux?.... Par le temps de vitriol qui court, nous autres jeunes hommes qui nous laissons détourner de nos devoirs, nous sommes excessivement exposés et nous ne saurions prendre trop de précautions... Séraphita, je crains tout de la part d'Hermance, de ma femme...

SÉRAPHITA.

De votre femme?

GEORGES.

Oui, je la trompe, je la trompe souvent... Vous en savez quelque chose... Et, avec le caractère que je lui connais, je tremble... j'ai des tracs... Elle est si jalouse... Tenez, dernièrement...

SÉRAPHITA, ennuyée, l'interrompant.

Georges, si vous voulez, nous parlerons d'autre chose...

GEORGES.

Je veux bien.

SÉRAPHITA.

Causons de notre amour...

GEORGES.

Je veux bien... (Il va à elle. — S'arrêtant.) Seulement, auparavant, nous pourrions commander le dîner.

SÉRAPHITA.

Déjà!

GEORGES.

Je me sens faim... Le remords, ça creuse... Et vous, vous n'avez pas faim?...

SÉRAPHITA.

Oh! moi!... je vous aime!

GEORGES.

Je le sais... Mais ça n'empêche pas...

Il appuie sur le bouton de la sonnette.

VOIX DU GARÇON.

Voilà! voilà!

GEORGES.

Ah!

Il court reprendre son cache-nez, dont il s'emmitoufle à nouveau.

SCÈNE III

LES MÊMES, LE GARÇON.

LE GARÇON, entrant.

Voilà... (Regardant Georges et Séraphita.) Ah! ils sont arrivés... (Examinant Séraphita.) Elle est gentille, la malheureuse!... Et lui?... Il doit être gentil aussi!... Tiens, il se cache... il a honte!... Allons, allons, il y a encore de la ressource!

GEORGES, à part.

Comme ce garçon m'observe!

SÉRAPHITA, qui a pris la carte du menu.

Garçon, nous vous avons sonné pour...

LE GARÇON, vivement.

Pardon, madame, avant d'aller plus loin, une question : Êtes-vous la femme, la fille, la sœur, la tante ou la mère de monsieur ?

SÉRAPHITA.

Comment ! sa mère !... Insolent !

GEORGES, à part.

Ce garçon a des soupçons, donnons-lui le change... (Haut.) Madame est ma cousine.

SÉRAPHITA.

Oui, je suis sa cousine !

LE GARÇON, froidement.

Parfaitement !... Je la connais, celle-là !

SÉRAPHITA, froissée.

Vous dites ?

LE GARÇON, avec force.

Écoutez ! jeunes gens, ne faites pas ça !... Vous êtes dans une mauvaise voie...

GEORGES et SÉRAPHITA.

Hein !...

LE GARÇON, à part.

Mais je surveillerai... et si ça va trop loin, j'ai mon truc... mon truc infaillible...

SÉRAPHITA.

Voyons, garçon !... Nous vous avons sonné pour le menu... servez-nous une bisque, un perdreau truffé, une salade de céleri et du champagne frappé.

LE GARÇON.

De la bisque, du perdreau truffé, de la salade de céleri, du champagne frappé !... Jamais !

GEORGES et SÉRAPHITA.

Comment!

LE GARÇON.

Jamais!... Approchez-vous!... Ne faites pas ça, jeunes gens, croyez-moi... Il en est temps encore... vous êtes dans une mauvaise voie!...

GEORGES.

Encore!...

SÉRAPHITA.

Ah çà !...

LE GARÇON.

Je vous proposerai le menu suivant : Crème d'orge, blanquette de veau et cresson de fontaine, avec une bonne bouteille de bière... Voilà un menu honnête.

SÉRAPHITA.

Mais pardon, garçon, c'est que...

LE GARÇON.

Je pense bien, ce n'est pas tout à fait ce que vous avez demandé, mais ça vous fera du bien et à lui aussi... (Se tournant vers Georges.) A vous aussi... ça vous fera du bien à tous les deux.

A ce moment sonnerie de trompettes au dehors.

GEORGES, sursautant.

Ah!

SÉRAPHITA.

Qu'est-ce que c'est que ça ?

GEORGES, éperdu.

La maison est cernée !

LE GARÇON.

Mais non... Ce n'est rien du tout, c'est la caserne d'à

4.

côté, sur le quai... Ne faites pas attention.. ça arrive
tout le temps.

GEORGES.

Ah!... (A part.) Ça va me gêner... moi qui suis im-
pressionnable.

LE GARÇON.

Allons! c'est convenu. La crème d'orge, la blanquette de veau. (A part.) Décidément, ils ne m'inspirent
aucune confiance... la petite surtout... Je me méfie de
la petite... Je vais me tenir prêt à tout événement...
Lui, encore, on en viendrait à bout, il a l'air d'un mou-
ton. (Fausse sortie. — Se tournant vers Séraphita qui s'est mise
à écrire son nom sur la glace.) Madame! je vous en prie...
Vous voyez bien qu'il n'y a plus de place!

SÉRAPHITA.

De quoi vous mêlez-vous, on vous la paiera, votre
glace...

GEORGES.

Oui, on vous la paiera!

LE GARÇON, s'en allant.

Toutes les mêmes!... (En dehors.) Sommelier, une bouteille de bière, au 5... bien bouchée!

SCÈNE IV

SÉRAPHITA, GEORGES.

SÉRAPHITA.

Quel singulier garçon!

GEORGES, qui s'est approché de la fenêtre.

Tiens! il y a un fiacre arrêté devant la porte, ça m'inquiète.

SÉRAPHITA, s'approchant de lui.

Georges, nous voilà seuls! bien seuls! tous les deux!

GEORGES, distrait.

Oui, c'est vrai! (A part.) Tous les trois... avec le fiacre...

SÉRAPHITA.

Georges, nous nous aimons bien... n'est-ce pas?... (Se jetant à son cou, avec violence.) Nous nous aimons bien!...

GEORGES.

Oh! oui! (A part.) Si c'était Hermance qui me guette!

SÉRAPHITA.

Qu'avez-vous, mon ami? Vous me semblez distrait, préoccupé... (Poussant un cri.) Ah! Georges! je vous suis devenue indifférente!

GEORGES, avec élan.

Vous!... toi!... Oh! par exemple!... Indifférente! Ah bien! tu vas voir, mon loulou... Je vais joliment te donner la preuve du contraire... Tiens, regarde, si je n'ai pas pensé à toi.

Il a tiré de la poche de son pardessus un écrin qu'il lui tend.

SÉRAPHITA.

Oh!... un porte-bonheur!...

GEORGES.

Le fétiche à la mode... un petit...

SÉRAPHITA, l'interrompant.

Oui, je sais!... (Avec joie.) Ah! mon ami!...

GEORGES.

Une drôle de mode!

SÉRAPHITA.

Pas du tout!.. ces pauvres bêtes... Il est temps qu'on les réhabilite.

COUPLETS.

Air nouveau, de M. Jules Costé.

I

Cet animal est très utile,
En lui, paraît-il, tout est bon :
Mais il était très difficile
Tout haut de prononcer son nom.
Grâce à cette mode qui gagne,
Une femme peut, à présent,
Dire très bien, en le voyant
Se promener dans la campagne :

Ah! qu'il est gentil !
Ah! qu'il est gentil !
Ah ! qu'il est mignon!
Dieu! quel amour de p'tit...

Elle s'arrête un moment, puis reprend avec volubilité.

Ah! qu'il est gentil!
Ah! qu'il est mignon,
Le p'tit cochon!

II

Quant à moi, j'aime assez la tête
De ce petit animal-là.
Je trouve qu'il n'a pas l'air bête,
Il est charmant, — bref, il me va !
Donné par une main amie,
J'aurai pour lui des soins jaloux!

Je l'aimerai tout comme vous
Et me dirai toute la vie :

Ah! qu'il est gentil!
Etc.

Allons! Je ne peux plus vous en vouloir... Venez me
demander pardon...

> Elle s'assied sur une chaise, à gauche.

GEORGES.

Je le veux bien...

> Il se met à genoux devant elle.

SÉRAPHITA.

Plus près... Encore...

GEORGES.

Est-ce bien?

SÉRAPHITA.

Embrassez-moi.

GEORGES.

Je le veux bien!

> Il l'embrasse.

SCÈNE V

LES MÊMES, LE GARÇON.

LE GARÇON, paraissant tout à coup, une soupière à la main.

·Ah!

SÉRAPHITA et GEORGES, se séparant.

Oh!

LE GARÇON, à part.

Il n'était que temps !... (Haut.) C'est moi... J'apporte la crème d'orge... le sommelier me suit avec la bouteille de bière !

SÉRAPHITA.

Mais, garçon, nous ne vous avons pas sonné.

LE GARÇON.

Je sais bien... Je guettais...

SÉRAPHITA.

Comment, vous guettiez !... Ah çà ! garçon, vous ne connaissez donc pas votre service ?

LE GARÇON.

Pardon... je le connais trop !... (Prêchant.) Croyez-moi, vous êtes dans une mauvaise voie !... Voyez-vous, comme le dit si bien M. Sardou, il n'y a de vraiment moral que la vertu... Ah ! si vous aviez entendu son discours !... Il y a des femmes dans la campagne qui piochent la terre, remuent le fumier à pleines mains, sans souci de leur beauté physique, et qui, la journée finie, soignent leur vieux père infirme et leur mari aveugle... Il y a des cuisinières, de simples cuisinières, qui restituent à leurs maîtres dans l'embarras, l'argent qu'elles ont eu tant de peine à gagner en faisant sauter l'anse du panier... Il y a des receveuses de poste, de simples receveuses de poste, qui prennent sur leur repos pour décoller de vieux timbres afin de doter des facteurs nécessiteux... Eh bien ! ces femmes de la campagne, ces cuisinières, ces receveuses de poste, prenez exemple sur elles... imitez-les... Remuez le fumier, le noble fumier ! décollez les vieux timbres !... La voilà, la vertu... il n'y a que ça ! il n'y a que ça... je ne vous dis que ça !

GEORGES, *furieux.*

Voulez-vous bien vous en aller !

SÉRAPHITA.

Et ne venez que quand on vous appellera.

LE GARÇON.

C'est bien... Je m'en vais... Mais j'ai fait mon devoir, j'ai dit ce que j'avais à dire. (A part.) J'avais raison de me méfier de cette petite, elle est enragée !... (Haut.) J'ai fait mon devoir... Et un jour, si vous pensez à moi, vous vous direz : Jules a fait son devoir !... (A part.) Maintenant, vite mon truc !...

Il sort.

SCÈNE VI

GEORGES, SÉRAPHITA.

SÉRAPHITA, *indignée.*

Receveuse des postes !

GEORGES.

Décoller des vieux timbres ! Il est fou !

SÉRAPHITA.

Complètement fou !... Enfin il est parti ! (Le regardant avec amour.) Georges ! cette fois, nous sommes seuls... bien seuls !... (Elle court follement à lui, puis se ravise et va vivement s'asseoir sur le divan.) Là ! là !... Venez là !.. vous allez rester près de moi !

GEORGES.

Oh ! je veux bien !... Dînons !... (Il va s'asseoir auprès

d'elle. — On entend frapper à la porte.) Qu'est-ce que c'est
ça ? Ah ! mon Dieu !

SÉRAPHITA.

Quoi ?

GEORGES.

On frappe ! On frappe à cette porte !... Hermance,
j'en suis sûr !... Vite, Séraphita, le verrou !

SÉRAPHITA, courant à la porte.

Il n'y en a pas !...

GEORGES, avec égarement.

Ça ne fait rien ! Mettez-le tout de même... C'est à
dire, non !... Tenez la porte !...

UNE VOIX, au dehors.

Ouvrez, au nom de la loi !

GEORGES.

Le commissaire !... Elle ose invoquer la loi ! (Avec
force.) Je n'ouvrirai pas !

LA VOIX.

Alors, qu'on aille chercher un serrurier !

Musique de scène.

SÉRAPHITA.

Un serrurier !... nous sommes perdus !...

GEORGES.

Non... Heureusement, je prends toujours mes précautions... (Otant son paletot qui laisse voir un costume de
marmiton.) Avec cela, je pourrai fuir !

SÉRAPHITA.

Un marmiton !

GEORGES.

C'est mon costume de rendez-vous!... Maintenant, vite, cette manne sur ma tête et fuyons! (Il sort vivement par la droite en criant.) Un godiveau au 2!

SÉRAPHITA, ramassant vivement sa pelisse et sa mantille.

En voilà une fête!... Pour une pauvre petite fois que ça m'arrive! Ah! je le reconnaîtrai ce restaurant-là... (Apercevant le porte-bonheur sur la table.) Ah!...

Elle revient sur ses pas et le prend.

LE GARÇON, revenant par le fond.

Eh bien! petite malheureuse, êtes-vous corrigée?

SÉRAPHITA

Oh! oui, monsieur le garçon... Plus jamais maintenant...

LE GARÇON.

A la bonne heure!

SÉRAPHITA.

Les hommes mariés, il n'en faut plus!

Elle sort.

LE GARÇON.

Là!... Ils sont partis... C'était mon truc! Si M. Sardou n'est pas content de Jules!

Rideau.

5

SIXIÈME TABLEAU

Le rideau qui vient de tomber représente un immense mur dans un coin duquel on lit l'inscription : DÉFENSE DE DÉPOSER DES ORDURES. — Le mur presque tout entier est couvert par l'affiche suivante :

VIENT DE PARAITRE :

LA FEUILLE DE VIGNE

JOURNAL POLITIQUE, LITTÉRAIRE ET IMMORAL

Bureaux de rédaction et d'abonnements :
Passage des Panoramas,
à côté des cabinets littéraires : — 15 centimes.

SOMMAIRE DU PROCHAIN NUMÉRO :

Chronique ignoble. — Écho des salons, — La Maîtresse de pension, nouvelle réaliste. — Les Mémoires d'une veilleuse. — Le Traversin de Fanchette.

ROMAN EN COURS DE PUBLICATION :

LES AMOURS D'UN VIEILLARD CHAUVE

PRIME GRATUITE EXCEPTIONNELLE

UNE DOUZAINE DE PHOTOGRAPHIES

Après une courte introduction d'orchestre, le rideau se relève sur le tableau suivant.

SEPTIÈME TABLEAU

Les Bureaux de la FEUILLE DE VIGNE

A droite, grande porte d'entrée donnant sur le passage des Panoramas. — A gauche, porte communiquant avec les bureaux de
la rédaction. — Au fond, à gauche, un guichet au-dessus duquel on lit : CAISSE ET ABONNEMENTS. — Au milieu, porte
avec cette inscription : ADMINISTRATION.

SCÈNE PREMIÈRE

DES ACHETEURS, UN GARÇON DU JOURNAL.

Les acheteurs, formant la queue, défilent devant le guichet.

CHŒUR.

Air : *Ronde du Champagne* (*Fleur-de-Thé*).

Ah ! vraiment la *Feuill' de vigne*
Obtient un' faveur insigne,
On l'achèt' de toutes parts
Sur les boul'vards ! (*Bis.*)

LE GARÇON.

Ne vous pressez pas... Il y en aura pour tout le
monde... Suivez !...Suivez !...

La foule s'éloigne.

LE DIRECTEUR, qui a paru. Tenue austère, calotte de velours,
lunettes d'or.

Quel succès! quel succès! La *Feuille de vigne* est un triomphe... (Allant à la porte du fond.) Mais il faut battre le fer pendant qu'il est chaud... Entrez! entrez! les distributeurs!

SCÈNE II

LE DIRECTEUR, LES DISTRIBUTEURS,
puis LE CRIEUR.

LES DISTRIBUTEURS, du dehors.

Voilà! voilà!
Ils sont costumés en Amours, avec des accroche-cœurs et des casquettes de soie rose.

CHŒUR.

LES DISTRIBUTEURS.

Air : *Chœur des artilleurs (Voyage dans la lune).*

Nous somm's les distributeurs,
Les distributeurs!
Gentils comm' des cœurs!
Nous défions qu'on trouve ailleurs
De plus jolis distributeurs!

LE CRIEUR, entrant.

Le voilà! le voilà! le succès du jour! La *Feuille de vigne!* Demandez le journal le plus immoral, le plus scandaleux, le plus révoltant de l'époque! Un journal qu'on ne peut pas lire! De plus fort en plus fort!... C'est du piment! c'est du picrate! ça ferait cabrer un escadron de dragons! Demandez la *Feuille de vigne*, le seul journal dont le gérant ait été condamné à vingt ans de travaux forcés à perpétuité. Je vous recommande la troisième page et le feuilleton, les *Amours d'un vieillard chauve!* C'est du nanan! Il y a de quoi rire et s'amuser en société! Demandez! Achetez! Le journal le plus immoral, le plus scandaleux, le plus révoltant de l'époque! cinq centimes, trois sous, avec les gravures!

LE DIRECTEUR.

Bravo! très bien! Tous mes compliments!

LE CRIEUR, à part.

Le patron! quel homme bien! (Haut.) Alors, c'est ça, patron?...

LE DIRECTEUR.

Tout à fait ça!.. Je suis très content! (Aux distributeurs.) Et vous autres, où allez-vous crier la *Feuille de vigne?*

PREMIER DISTRIBUTEUR.

Moi, au coin du boulevard Montmartre!

DEUXIÈME DISTRIBUTEUR.

Moi, à la Brasserie moderne!

TROISIÈME DISTRIBUTEUR.

Moi, au café Médicis!

QUATRIÈME DISTRIBUTEUR.

Moi, à la Bourse!

CINQUIÈME DISTRIBUTEUR.

Moi, à l'Élysée!

SIXIÈME DISTRIBUTEUR.

Moi, à la Boule Noire!

LE DIRECTEUR.

Très bien !

LE CRIEUR, aux distributeurs.

Allons ! suivez-moi ! (En s'en allant.) Demandez ! achetez ! le journal le plus immoral, le plus scandaleux, le plus révoltant de l'époque !...

Tous les autres le suivent en répétant son cri.

SCÈNE III

LE DIRECTEUR, puis TAPIN.

LE DIRECTEUR, à lui-même.

Les jolis costumes de distributeurs ! C'est une idée à moi ! Voyons, lisons l'article que m'envoie mon courriériste des salons, Ugène !... (Il tire un article de sa poche. Le parcourant.) Oh ! trop doux ! trop doux ! Pas assez raide... Ajoutons un peu de poivre !

Il corrige l'article.

TAPIN, entrant.

M'y voilà !... J'ai quitté la Revue... Oh ! pour un instant... Seulement, j'avais une idée fixe... une idée pour laquelle la présence d'une femme était gênante... Je mourais d'envie de visiter les bureaux d'un journal qui m'a toujours attiré, le *Journal des Débats*... J'ai donné dix sous à un gamin pour m'y conduire... il m'a amené ici... J'y suis... Je suis aux *Débats !* Quel bon parfum d'austérité on respire dans ces bureaux !... Salut, murs vénérables ! antichambre de l'Institut !

LE DIRECTEUR, se retournant.

Tiens, encore un abonné ! (Allant à lui.) Monsieur désire ?

TAPIN.

Le directeur?

LE DIRECTEUR.

C'est moi, monsieur.

TAPIN, se découvrant.

Oh! (A part.) Quel air majestueux et digne!... Comme on reconnaît le publiciste éminent! (Haut.) Monsieur, j'ai voulu contempler les bureaux d'un journal qui m'a toujours attiré.

LE DIRECTEUR, clignant de l'œil.

Monsieur est amateur?

TAPIN.

Amateur et admirateur!... Ah! vous n'avez jamais varié... vous avez toujours suivi votre ligne avec une sincérité, avec une franchise d'allures...

LE DIRECTEUR.

Nous ne reculons devant rien.

TAPIN.

C'est ce qui vous honore. Aussi, veuillez me compter au nombre de vos abonnés.

LE DIRECTEUR.

Bien... on va vous inscrire... (A mi-voix, en lui poussant le coude.) Voulez-vous en même temps la collection des numéros saisis?

TAPIN, indigné.

Saisis!... Comment! le gouvernement a osé saisir une feuille comme la vôtre!

LE DIRECTEUR.

Oui, monsieur. A l'heure qu'il est, notre huitième gérant est en prison.

TAPIN.

C'est indigne !

LE DIRECTEUR.

Heureusement, j'en attends un autre...

TAPIN.

Ah ! tant mieux !

LE DIRECTEUR, à part.

C'est un vieux farceur !

Il lui serre la main.

TAPIN, stupéfait.

Hein ! (A part.) Il m'a serré la main... Le directeur des *Débats* m'a serré la main !... Oh !...

Il se baise la main avec émotion.

SCÈNE IV

LES MÊMES, LE GARÇON, puis LE GÉRANT.

LE GARÇON, entrant.

Patron, c'est le nouveau gérant qu'on vous envoie. (Lui tendant des papiers.) Voilà ses références !

LE DIRECTEUR, les parcourant.

Petite Roquette, six mois... Melun, cinq ans... Poissy, trois ans... Clairvaux, sept ans... C'est bien l'homme qu'il nous faut ! (Au garçon.) Faites entrer.

Le garçon sort par le fond après avoir introduit le gérant.

LE GÉRANT, entrant.

C'est ici qu'on a besoin d'un gérant ?

LE DIRECTEUR.

Approchez, mon ami !

LE GÉRANT.

Vous avez vu mes références?

LE DIRECTEUR.

Oui... elles sont excellentes... De votre côté, vous connaissez nos conditions? Cent francs par mois et les mois de prison payés double!

LE GÉRANT.

Avec le tabac?

LE DIRECTEUR.

Avec le tabac.

LE GÉRANT.

Tope! ça va... Qu'est-ce qu'il y a à faire?

LE DIRECTEUR.

Presque rien... (Tirant un journal de sa poche.) Voici le numéro qui va paraître demain... Il s'agit tout simplement de le signer.

LE GÉRANT.

Donnez!

LE DIRECTEUR.

Voilà... (Allant au fond et lui apportant une plume.) Et voici la plume!

LE GÉRANT, qui a parcouru le journal.

Faut que je signe ça?

LE DIRECTEUR.

Oui... Allez!

LE GÉRANT.

Jamais de la vie!

LE DIRECTEUR.

Hein?

5.

LE GÉRANT.

Ah çà! pour qui me prenez-vous? De quoi que j'ai donc l'air pour qu'on me propose des choses pareilles? C'est pas que je me donne pour une conscience méticuleuse... Je ne fais pas le fier, moi, je ne cherche pas la petite bête... J'ai filouté, volé, escroqué... parfaitement! J'ai ouvert des caisses qui ne m'étaient de rien... d'accord! J'ai trouvé des porte-monnaie qui n'avaient jamais songé à être perdus... très bien!... Et je n'en rougis pas... c'est une ouvrage comme une autre... Mais signer ça... jamais... c'est trop dégoûtant. Bonsoir!

Il sort après avoir déchiré le journal en trois ou quatre morceaux qu'il jette par terre.

LE DIRECTEUR.

Plus de gérant... C'est dommage, un homme qui a de si beaux certificats!

TAPIN, qui a écouté toute cette scène avec stupeur.

Ah çà! où suis-je donc?

SCÈNE V

LES MÊMES, moins LE GÉRANT, LA REVUE.

LA REVUE, paraissant en riant.

Où tu es, malheureux! aux bureaux de la *Feuille de vigne!*

TAPIN.

La Feuille de vigne?

LE DIRECTEUR.

Un journal qui raconte des histoires un peu...

LA REVUE.

Un journal ça, allons donc! ça n'en a que la forme...

LE DIRECTEUR.

Eh bien! quoi! nous publions des histoires comme les aimaient nos pères.

LA REVUE.

Nos pères!... Un instant!... Distinguons!

TAPIN.

Oui! Distinguons!...

Air : *Au temps heureux de la chevalerie.*

Au temps passé, certainement nos pères
Plus d'une fois, dans leurs joyeux propos,
Dans leurs refrains, dans leurs chansons légères,
Parlaient tout franc, sans marchander les mots,
Mais ils savaient — et c'est la différence —
Garder toujours le vieil esprit gaulois :
Pour mériter aujourd'hui l'indulgence, ⎰ *(Bis.)*
Ayez l'esprit qu'ils avaient autrefois! ⎱

LA REVUE.

Mais ce que vous faites n'a rien de commun avec l'esprit, ni avec le journalisme... (A Tapin.) Allons-nous en, mon pauvre ami. (Au directeur.) Et quant à toi, drôle, hors d'ici!

TAPIN.

Hors d'ici!

LE DIRECTEUR, s'en allant.

Bégueule, va!

TAPIN.

Ouf!... Brûlons du sucre!... Ah! j'éprouve le besoin

de me remettre. Allons voir quelque chose de plus gai...

Ils sortent. Derrière eux un chiffonnier traverse la scène en ramassant du bout de son crochet les morceaux du journal, qui sont à terre.

HUITIÈME TABLEAU

Le Salon de peinture.

Une salle de la section de peinture. — Parmi les tableaux il en est un qui représente des chevaux sellés et lancés au grand trot, mais sans leurs cavaliers. — Un autre représente un portrait de femme. — Tout en haut, des tableaux, dont on n'aperçoit que le bout des cadres, se perdent dans les frises.

SCÈNE PREMIÈRE

VISITEURS et -VISITEUSES, puis TAPIN et LA REVUE, puis UN GARDIEN.

CHŒUR.

Air : *de la Vie parisienne.*

Regardons,
Admirons
Les tableaux qu'on nous expose !
C'est toujours la même chose : .
Financiers,

Épiciers,
Sénateurs,
Emballeurs,
Musiciens,
Pharmaciens,
Médecins,
Et rapins!
Regardons,
Admirons.
Etc.

Les visiteurs sortent.

TAPIN, entrant en colère.

C'est scandaleux! je me plaindrai...

LA REVUE.

Tu n'es jamais content!...

TAPIN.

Non, je ne suis pas content!... En sortant des bureaux de la *Feuille de vigne*, tu me proposes d'aller faire un tour au Salon. Nous arrivons et, aussitôt, on me fourre dans une petit mécanique qu'on me force à tourner, moi, qui n'ai jamais pu penser à des chevaux de bois sans avoir le mal de mer.

LA REVUE.

C'est le contrôle!...

TAPIN.

On m'arrache mon parapluie des mains.

LA REVUE.

C'est le vestiaire.

TAPIN.

A la place on me force à prendre ce livret.

LA REVUE.

C'est l'administration !

TAPIN.

Et comme je fume un excellent cigare, on m'ordonne de le jeter.

LA REVUE.

C'est le règlement.

TAPIN.

Et tu appelles cela une partie de plaisir ?

LA REVUE.

Mais certainement.

TAPIN.

Tu aimes donc bien la peinture, petite revue ?

LA REVUE.

Moi ?... pas le moins du monde ; je suis comme les trois quarts des gens qui viennent ici. Le salon est le grand rendez-vous parisien, c'est une mode, un chic, on y va pour causer, pour voir des toilettes et en montrer, pour potiner, pour...

TAPIN, l'interrompant.

Au moins a-t-on le droit de regarder les tableaux ?

LA REVUE.

On peut... Il y a même une certaine façon de les regarder...

Air : *de la Fille de madame Angot.*

On s'approche en hochant la tête,
Puis on s'éloigne vivement,
De sa main on fait un' lorgnette
Et l'on regarde gravement.
On murmure : beaucoup de patte !...
Très chic !... c'est une impression !...
Ou : c'est de la peinture ingrate !
Ou : ça manque d'invention !

Bref, on examine
Et puis on débine,
Contre la routine
On crie, on fulmine :
Ça suffit, parole d'honneur,
Pour avoir l'air d'un connaisseur.

TAPIN.

Bien, je saisis. (Il s'approche, puis s'éloigne en disant :) Je vais t'imiter : beaucoup de patte !... C'est une impression, très chic !... (Regardant le tableau qui représente les chevaux lancés au grand galop.) Tiens ! qu'est-ce que c'est que cela ? Des chevaux ! un haras probablement... ou des chevaux de haute école... à l'heure de la recréation ?

LA REVUE.

Consulte ton livret.

TAPIN.

C'est juste, il faut bien que cela serve à quelque chose, consultons. (Ouvrant son livret qui est énorme.) 14,001. Voyons le 14,001... Ça doit être à la fin du livret... Tiens ! non !... c'est au commencement : « Charge de cavalerie. » Comment ! charge de cavalerie, c'est une charge !...

LA REVUE.

Le fait est que je ne vois pas les cavaliers.

TAPIN.

Où peuvent-ils être ?... (Passe un gardien.) Ah ! voilà un employé... il pourra me renseigner... Monsieur... monsieur...

LE GARDIEN, impoliment.

Qu'est-ce que vous me voulez ?...

TAPIN, humblement.

Voudriez-vous me dire pourquoi ces chevaux n'ont pas de cavaliers sur le dos ?

LE GARDIEN, impoli.

Vous arrivez donc de votre province? Les cavaliers, ils sont dans une autre salle!... Dans la salle des cavaliers! Ce sont des groupes sympathiques.

Il sort.

TAPIN.

Sapristi! je ne sais pas si les groupes sont sympathiques, mais le gardien ne l'est guère!... Enfin continuons, voilà un joli portrait... Il doit être du fameux Du... mont... Du... pont, Du... Cabanel!

LA REVUE.

Consulte ton livret.

TAPIN.

Au fait, je n'y pensais plus. (Consultant son livret.) 33,729... Pour le coup, ça doit être à la fin du livret... Non, c'est au milieu... Monsieur et madame Y... Mais je ne vois que madame... où donc est monsieur Y?... (Le gardien repasse.) Faut-il lui demander?

LA REVUE.

Oui, va, un peu de courage!...

TAPIN, s'approchant du gardien.

Monsieur, pardon...

LE GARDIEN, de plus en plus impoli.

C'est encore vous!

TAPIN, mettant un genou en terre.

Je n'abuserai pas de vos instants, vous devez avoir de si sérieuses préoccupations... Cependant, si vous daigniez me dire où je pourrais trouver le mari de madame Y...

LE GARDIEN.

Vous ne comprenez donc rien? Le mari est dans une

autre salle, la salle des maris ; groupes antipathiques...

Il sort.

LA REVUE.

Il est charmant !...

TAPIN.

Adorable, positivement !... Enfin, allons voir le mari !...

LA REVUE.

Allons !

Ils vont pour sortir.

SCÈNE II

LES MÊMES, UN PEINTRE, puis LE GARDIEN.

LE PEINTRE, très barbu et d'apparence sinistre.

Arrêtez, vous ne sortirez pas !...

TAPIN et LA REVUE.

Hein ?

LE PEINTRE.

Vous ne quitterez pas cette salle sans avoir vu mon tableau.

TAPIN.

Mais...

LE PEINTRE.

Pas de résistance ou sinon... vous êtes morts !

Il braque sur eux le canon d'un revolver.

LA REVUE, effrayée.

Oh !

TAPIN.

Nous sommes perdus, c'est un peintre de grands chemins. (Au peintre, d'une voix douce.) C'est bien, monsieur, puisque nous ne pouvons pas faire autrement...

LA REVUE.

Nous allons contempler votre œuvre.

LE PEINTRE, remettant son revolver dans sa poche.

A la bonne heure!

TAPIN.

Mais c'est égal, vous avez une singulière manière de faire connaître votre peinture.

LE PEINTRE.

Que voulez-vous?... Voilà un mois que l'exposition est ouverte et personne n'a encore vu mon tableau. (Remontrant son revolver.) Alors...

TAPIN.

C'est bien... cachez ça... Où est-il, votre tableau?

LE PEINTRE, montrant une toile tout au haut du mur et par conséquent invisible au public.

Le voilà!... tout là-haut!...

TAPIN, regardant dans la direction qu'il indique.

Ah! ah!

LE PEINTRE.

Comment le trouvez-vous?

TAPIN.

Je ne vois rien.

LE PEINTRE.

Là-haut, au-dessus du Velum!

TAPIN.

Comment, ce point noir, c'est un tableau?... je prenais cela pour une mouche...

LE PEINTRE.

Que voulez-vous? L'administration a voulu employer toute la place cette année et alors... il y a des tableaux accrochés si haut qu'il est impossible de les voir. Mais rassurez-vous, j'ai prévu le cas... (Tirant une longue-vue de sa poche et la lui présentant.) Avec ça, vous distinguerez à peu près... Une toile superbe : *Le Déluge universel!*...

TAPIN.

Ah! voyons!... (Il braque la longue-vue et regarde. — A ce moment, la scène se trouve plongée dans la plus profonde obscurité.) Mais je ne vois plus rien du tout...

LE PEINTRE.

C'est qu'on éclaire...

TAPIN.

Comment! on éclaire...

LA REVUE.

Oui... le nouvel éclairage...

LE PEINTRE.

Il faut le temps de s'y faire... Mettez-y un peu de bonne volonté... Tout à l'heure vous distinguerez très bien.

A ce moment tout le décor s'éclaire en rouge.

TAPIN.

C'est vrai!... je vois... je vois... Seulement pourquoi ces arbres sont-ils rouges?

LE PEINTRE.

Rouges!... ils ne sont pas rouges du tout!..

LA REVUE.

C'est l'éclairage.

LE PEINTRE.

Oui, partez de ce principe.... Tout ce qui est rouge doit être vert... chaque fois que vous verrez des arbres rouges, dites-vous : ils sont verts.

TAPIN.

Maintenant, je me figurerai qu'ils sont verts, le tout est de savoir! (Il remet son œil au télescope. — Brusques alternatives de toutes les couleurs.) Ah!... l'arc-en-ciel qui annonce la fin du déluge.

LE PEINTRE.

Il n'y a pas d'arc-en-ciel!...

LA REVUE.

C'est l'intermittence.

LE PEINTRE.

Il ne comprend rien. Crétin, va!

TAPIN.

Qu'est-ce que vous dites?

LE PEINTRE.

Je dis : Crétin!... ça veut voir des tableaux et ça ne sait pas! Bourgeois!... Amateur de carton!

Il sort indigné.

LE GARDIEN, repassant.

Brute! idiot! animal! paysan!

Il s'éloigne.

SCÈNE III

LA REVUE, TAPIN.

TAPIN.

Il m'injurie par-dessus le marché... le langage des salons!... Ah!... j'en ai assez de leur peinture et de leur lumière électrique. Tiens, je n'y vois plus... je vais être obligé d'aller acheter des lunettes bleues.

LA REVUE.

Eh bien! je vais te montrer quelque chose qui gagne à être vu avec cet éclairage là... regarde...

Les deux statues : « Biblis, changée en source » et l'Arlequin de M. Saint-Marceaux sortent de terre. — Musique.

TAPIN.

Qu'est-ce que c'est que ça?

LA REVUE.

Biblis changée en source... Arlequin... Les deux grands succès de la sculpture cette année...

TAPIN.

Merci!... voilà une impression qui suffit à en effacer bien des mauvaises!... (Les statues disparaissent.) Allons plus loin.

SCÈNE IV

LES MÊMES, LE BOURSIER, LE PANORAMA DE
VALENTINO, LE PANORAMA DU CAFÉ
PARISIEN, LE PANORAMA DE BRUXELLES,
LE PANORAMA DE LONDRES, LE
PANORAMA DES CHAMPS-ÉLYSÉES.

LE BOURSIER, leur barrant le passage.

Vous partez! vous n'y pensez pas!... Est-ce que
vous pouvez vous en aller sans avoir vu la seule peinture, la vraie peinture, la peinture à la mode, la peinture de l'année, la peinture que je représente?

TAPIN.

Vous?

LE BOURSIER.

Oui... vous allez voir ça... A moi les Panoramas!

Entrent les Panoramas.

CHŒUR.

Air: *des Bavards.*

LES PANORAMAS.

Panoramas historiques,
Politiques
Et rustiques,
Nous sommes le grand succès,
La peinture du progrès,
Et partout
Avant tout

Nous modifions le goût.
Venez, messieurs, ah ! venez çà !
Pour voir notre panorama !

TAPIN.

Ils sont gentils...

LE BOURSIER.

En désirez-vous des tranches ?

TAPIN.

Vous en débitez ?...

LE BOURSIER.

Oui, monsieur par actions, j'ai mis tous les peintres
en actions. Voulez-vous du Detaille ? Il fait dix mille
francs de prime.

TAPIN.

Merci... Je ne suis pas acheteur... mais je ne demande pas mieux que de jeter un coup d'œil... Si
vous voulez me présenter.

LE PANORAMA DE VALENTINO.

Oh ! nous nous présenterons bien nous-mêmes. (Se
présentant.) Le panorama de Valentino !

TAPIN.

Un panorama dansant ?

LE PANORAMA DE VALENTINO.

Je ne danse plus, puisqu'on me démolit.

TAPIN.

C'est dommage, et celui-ci ?

LE PANORAMA DU CAFÉ PARISIEN.

Le panorama du café parisien.

TAPIN.

Un panorama où l'on consomme?

LE PANORAMA DU CAFÉ PARISIEN.

Plus maintenant, on me démolit.

TAPIN.

Vous aussi! Alors on vous a dévissé vos billards?

LE PANORAMA DU CAFÉ PARISIEN.

Hélas!

LE PANORAMA DE BRUXELLES.

Le Panorama de Bruxelles!

LE PANORAMA DE LONDRES.

Le Panorama de Londres!

TAPIN.

Elles ont un petit air ingénu. (Au boursier, à part.) Dites donc, elles doivent être vertueuses?

LE BOURSIER.

Oh! monsieur, si vous voulez leurs certificats...

TAPIN.

Je me disais aussi... pas sages... des panoramas!... (Au boursier.) Mais celle-là dans le coin... Elle a l'air d'avoir eu des chagrins.

LE PANORAMA DES CHAMPS-ÉLYSÉES.

Le Panorama des Champs-Élysées, monsieur... Je vivais tranquillement... Pas de concurrence... Et maintenant...

TAPIN.

Vous voilà dans la panne... Orama!... Que de Panoramas!... On en a mis partout.

LE BOURSIER.

Il n'y en aura jamais trop... Si vous le voulez bien,
je vais vous montrer quelques projets ?

TAPIN.

Ah ! volontiers.

LA REVUE.

Voyons ça.

LE BOURSIER.

Le Panorama historique... Histoire d'une loi.

Paraît une toile sur laquelle on voit la Chambre des Députés.
Tous les visages sont rayonnants et toutes les mains sont
en l'air.

TAPIN.

Ils paraissent joyeux...

LE BOURSIER.

La même loi dans une autre Chambre.

Paraît une nouvelle toile représentant le Sénat. Tous les
visages sont renfrognés et toutes les mains baissées.

TAPIN.

Oh ! ils n'ont pas l'air content ceux-là, c'est na...
C'est navrant...

Air : *Duo des Fariniers. (Boulangère a des écus.)*

LA REVUE.

Cette peintur' nous prouve, hélas !

TAPIN.

Un' chos' facile à constater.

LA REVUE.

En politique, il ne s'ra pas

TAPIN.

Toujours commod' de s'accorder...

6

LA REVUE.

Chacun a son group', son parti,

TAPIN.

On se chamaille avec fureur;

LA REVUE.

Mais, dans tout ça, qu'est-ce qui pâtit?

TAPIN.

Parbleu ! c'est le pauvre électeur

ENSEMBLE

Si dans un' chambre on dit tout noir,
Tout noir,
Tandis qu' dans l'autre on dit tout blanc,
Tout blanc !
Tout noir !
Tout blanc !
On s'entendra difficil'ment !

Les deux toiles disparaissent.

LA REVUE.

Maintenant... Je vais te montrer le vrai panorama...
Le Panorama National... Cette année, il n'a été question que de tambours et de drapeaux. Tu vas voir défiler devant toi, tous ceux de la France à toutes les
époques...

Elle étend la main.

Changement.

NEUVIÈME TABLEAU

Le Panorama national.

Une rue de Paris, toute pavoisée de drapeaux. — Au fond sont
rangés tous les tambours et tous les drapeaux de toutes les époques, qui descendent en scène après le changement.

LA REVUE, désignant successivement les drapeaux.

Salut, drapeaux ! O vous, qui dans vos plis
Portez partout l'image du pays !
Vous voici tous : souvenirs, espérance !
Salut à vous. ô drapeaux de la France !

C'est notre histoire entière que voilà :
Ici Clovis — et Charlemagne là ;
Puis de saint Louis l'éclatante bannière,
Puis Charles Cinq, qui vainquit l'Angleterre...

Cet étendard — ô France ! souviens-toi ! —
C'est Jeanne d'Arc : l'ennemi sous sa loi
De la patrie en deuil étreignait l'âme :
Tout fut sauvé par le bras d'une femme !

François premier, vainqueur à Marignan,
Et puis, ce roi dont le triple talent
Était d'aimer, de boire et de se battre :
Saluons tous le drapeau d'Henri Quatre !

Louis Treize et Louis Quatorze. — Ici
Arrêtons-nous : devant nos yeux voici
Ces régiments que la gloire accompagne :
Toi, Normandie ! Et vous, Condé, Champagne !

Plus tard, il faut disputer sans merci
A l'étranger notre sol envahi,
Mais le soldat suit le drapeau qu'il aime :
Ce drapeau-là, c'est la Trente-deuxième!

Puis Austerlitz, Friedland, Iéna,
Eylau, Wagram!... Et puis enfin, voilà,
Se déployant au soleil qui le dore,
Le vrai drapeau, le drapeau tricolore !

C'est le passé...

Se tournant vers l'élève de Saint-Cyr, qui tient le drapeau
de 1880.

L'avenir, le voici !
De ses aînés il sera digne aussi :
Se souvenant de notre vieille histoire
Il défendra sa patrie et sa gloire !...

REPRISE EN CHŒUR.

Salut, drapeaux! O vous qui dans vos plis
Portez partout l'image du pays !
Vous voici tous ; souvenirs, espérance!
Salut à vous, ô drapeaux de la France !

ACTE TROISIÈME

—

DIXIÈME TABLEAU

Soirée littéraire et dramatique.

Le théâtre représente un cirque de salon, tel qu'il se trouve dans
un hôtel particulier à Paris. — Loges pour les invités. — Cordes
et filets suspendus en l'air.

—

SCÈNE PREMIÈRE

TAPIN, LA REVUE.

TAPIN, entrant avec la Revue et lisant une carte qu'il tient à la
main.

« Le duc et la duchesse de Buen Retiro, prient
» M. Jean Tapin et madame la Revue de leur faire
» l'honneur d'assister à la soirée artistique, littéraire et
» dramatique qu'ils donnent en leur hôtel. R. S. V. P... »
Nous sommes invités par un duc et par une duchesse!... Ce qui me flatte dans cette invitation, c'est
que le duc ne me connaît pas du tout. Je ne le con-

6.

nais pas davantage. C'est la duchesse qui m'aura re-marqué.

LA REVUE.

Probablement.

TAPIN.

Mais dis donc... il a un drôle de salon, le duc de Buen Retiro.

LA REVUE.

Ce n'est pas un salon, c'est une espèce de théâtre-cirque qu'on a installé dans la cour de l'hôtel... avec les décors de la fête de l'Hippodrome... Paris-Murcie.

TAPIN.

Murcie, merci. Mais pourquoi un cirque?

LA REVUE.

C'est une mode aujourd'hui, les gens du monde font du cirque en chambre.

TAPIN.

Les gens du monde!... Je vais prendre une leçon de chic.

LA REVUE.

Tu le peux...

SCÈNE II

LES MÊMES, DEUX DOMESTIQUES, puis LE DUC, puis LA DUCHESSE, puis LA PETITE DUCHESSE.

PREMIER DOMESTIQUE, annonçant.

Le duc de Buen Retiro.

TAPIN.

Ne perdons pas un de ses gestes.

Les deux domestiques se sont retirés du côté de la porte du fond. Ils déploient une banderolle qui barre l'entrée. — A ce moment, le duc paraît, il est en habit noir, gilet en cœur, cravate blanche, maillot et perruque de clown. Il fait son entrée en exécutant un saut périlleux par-dessus la banderolie.

TAPIN, à la Revue.

Oh !

LA REVUE.

Eh bien ! il a une drôle de façon de saluer.

DEUXIÈME DOMESTIQUE, annonçant.

La duchesse de Buen Retiro !

TAPIN.

La duchesse !

Les domestiques ont bouché la porte avec un cerceau en papier.

LE DUC, frappant dans ses mains.

Hop ! hop !

La duchesse entre en crevant le cerceau. Costume d'écuyère.

LA DUCHESSE.

Me voilà !... (Saluant.) Madame ! monsieur !

LE DUC, à Tapin.

Maintenant je vais vous présenter la petite duchesse, notre fille.

TAPIN.

Je serai enchanté de faire sa connaissance.

LE DUC.

Un amour d'enfant, vous allez voir... Nous l'élevons dans du coton.

Il se dirige vers le fond.

TAPIN, à la Revue.

Ah çà ! nous nous sommes trompés de monde, nous sommes chez le duc Fernando de Corvil...

PREMIER DOMESTIQUE, annonçant.

La petite duchesse !...

Musique.

LE DUC, amenant la petite duchesse.

Ma fille, monsieur...

Un fil de fer est tendu au milieu du théâtre. La petite duchesse exécute différents exercices.

LA PETITE DUCHESSE, en travaillant.

Papa, tu me la donneras, la grande poupée que j'ai vue hier !...

LE DUC, avec une grimace.

Une poupée de vingt-cinq louis !...

LA PETITE DUCHESSE.

Dis oui... ou je tombe !...

Elle fait semblant de tomber.

LE DUC.

Oui, oui, tu l'auras !

La petite duchesse termine ses exercices, après quoi, elle sort par la droite avec la duchesse, en traversant un second cerceau de papier. — Le duc les suit en faisant la roue.

TAPIN.

Voilà des gens qui ont bien élevé leur fille... Si jamais ils tombent dans la misère, ils pourront la faire travailler. Mais est-ce que nous n'aurons pas autre chose que des exercices de haute voltige ?

LA REVUE.

Si fait !... Et, pour commencer, tu vas voir les salles nouvelles, car il y en a eu beaucoup cette année.

SCÈNE III

TAPIN, LA REVUE, LE GYMNASE, LE PALAIS-ROYAL, LA COMÉDIE-PARISIENNE

LES SALLES, entrant.

Air : *De la Corde sensible.*

Salles nouvelles,
Fraîches et belles,
Admirez tous notre fin coloris !
L'argent ruisselle,
L'or étincelle,
De tous côtés sur nos riches habits !

LA REVUE.

Grâce à votre or qui fait tant de tapage,
La foule afflue, apportant son argent,

TAPIN.

En admirant ce superbe plumage,
Pour le ramage on est plus indulgent.

REPRISE.

Salles nouvelles,
Fraîches et belles,
Etc.

TAPIN.

Alors, mesdames, vous êtes des salles complètement
neuves, complètement inédites ?

LE GYMNASE.

Pas du tout !... Tu n'y es pas... Moi, je suis le Gymnase.

TAPIN.

Comment le Gymnase, le Gymnase de mon enfance ?
Le Gymnase de Scribe et de Bayard ?... Mon colonel
es-tu content ?... C'est toi ?

LE GYMNASE.

C'est moi...

TAPIN, au Palais-Royal.

Mais, toi, tu n'es pas réparée, toi ? Tu es vraiment
neuve ?

LE PALAIS-ROYAL.

Moi, je suis le Palais-Royal.

TAPIN.

Comment! le Palais-Royal de Déjazet, de Sainville et
de Grassot ?...

LE PALAIS-ROYAL.

Parfaitement.

TAPIN.

C'est inouï... jamais je n'aurais cru... (Le faisant tourner.) Voyons donc un peu.

LE PALAIS-ROYAL.

Prends garde... ma peinture est encore toute fraiche...
Ne touche pas à mon foyer...

TAPIN.

Ton foyer ?...

LE PALAIS-ROYAL, montrant les peintures de sa robe.

Oui, regarde... Vois-tu le portrait de mes acteurs, de
mes auteurs, de mes directeurs ?...

LA REVUE.

— C'est vrai ! voilà Geoffroy, Daubray, Montbars. Comme
ils sont bien portants et gras !...

TAPIN.

Dame... puisqu'ils sont peints à l'huile et qu'ils ne sont pas secs... (A la Comédie-Parisienne.) Et toi, ma petite? Encore une replâtrée ?...

LA COMÉDIE-PARISIENNE.

Je suis la Comédie-Parisienne.

TAPIN.

Ah ! pour le coup, voilà du neuf... Celle-là, du moins, n'a pas encore dépensé son petit capital.

LA COMÉDIE-PARISIENNE.

Je vous demande pardon, monsieur, je l'ai dépensé plusieurs fois... Je suis la Comédie-Parisienne, qu'on va installer dans les ex-Menus-Plaisirs.

TAPIN.

Ah !

LA REVUE.

Qui se trouvaient dans l'ex-Théâtre des Arts !

TAPIN.

Allons donc !...

LA COMÉDIE-PARISIENNE.

On a commencé par me raser.

TAPIN.

Oh! bien, je suis tranquille, vous aurez l'occasion de nous le rendre.

LA COMÉDIE-PARISIENNE.

Oh ! ce n'est pas sûr...

TAPIN.

Je vous le souhaite... Tout ça c'est très gentil, mais qu'est-ce que vous avez joué pour ouvrir?

RATAPLAN

LE GYMNASE.

Moi, j'ai joué la *Papillonne*...

TAPIN.

Une vieille pièce...

LE GYMNASE.

Qu'est-ce que ça fait, puisque j'ai ma marquise !...

LA REVUE.

C'est juste...

TAPIN, au Palais-Royal.

Et vous ?...

LE PALAIS-ROYAL.

Moi ? J'ai joué les *Diables Roses*.

TAPIN.

Une vieille pièce.

LE PALAIS-ROYAL.

Qu'est-ce que ça fait, puisque j'ai mon foyer ?

TAPIN.

Tiens ! au fait ! (A la Comédie-Parisienne.) Et vous, la belle enfant ? Qu'est-ce que vous jouerez pour ouvrir ?

LA COMÉDIE-PARISIENNE.

Hélas ! monsieur, je n'ai pas de chance, j'ai beau chercher, je n'ai trouvé que du nouveau...

TAPIN.

Tant pis ! tant pis !...

LA REVUE.

Il n'en faut pas !

TAPIN.

Ce serait scandaleux !

LA REVUE.

Et cependant, il ne faut pas dire trop de mal des re-
prises. Vois plutôt le *Père prodigue*, qui emplit tous
les soirs la salle du Vaudeville. Il est vrai que c'est Dupuis qui le joue.

TAPIN.

Dupuis ! Comment, il joue en même temps aux Variétés et au Vaudeville. Quel homme ! il a le don d'ubi-
quité. C'est un ubiquiste... Il n'y a pas à dire, il tient
la corde, Dupuis !... Et alors, avec vos vieilles pièces,
vous avez fait tout de même de l'argent ?

LE GYMNASE.

Oui, monsieur... Seulement il faut tout dire, si j'a-
vais une vieille pièce, j'ai un jeune directeur.

LA REVUE.

Oh ! oui, je le connais, celui qui a déjà la Renaissance...

TAPIN.

En voilà un veinard, qui a deux jolies salles à lui tout
seul.

LA REVUE.

Oh ! ne dis pas ça !... Ce n'est pas toujours aussi
agréable que tu le penses.

TAPIN.

Allons donc !

LE GYMNASE.

Oh ! non, allez !...

7

Air : *Je vous présente au père. (Giroflé-Girofla.)*

Avoir un théâtre,
Je le dis tout bas,
Ça n'est pas folâtre,
C'est un embarras !
Diriger un' scène,
Certes c'est affreux !
Mais, quelle déveine
Quand on en a deux !
Ah ! quelles venettes !
Deux pièc's à trouver,
Et sur deux recettes
Sans cesse veiller !...

Mon directeur, j'espère,
J'espère,
J'espère !
Pourtant f'ra son affaire,
Affaire !
Affaire !
Mais surtout s'il peut faire,
Ah! surtout s'il peut faire
Passer quelques p'tits mots
Sur lui, dans les journaux !

TAPIN.

Ah! c'est important pour tout le monde!... Il faut qu'on parle de vous... Dites bien à vos directeurs de ne pas négliger la presse... Dites-le leur bien de ma part!... Ils négligent trop la réclame...

LE GYMNASE.

Nous ferons la commission.

RÉPRISE.

Salles nouvelles,
Fraîches et belles,
Etc.

Sortie des salles.

LA REVUE.

Maintenant, voici un prestidigitateur à la mode,
M. Bottier de Colza, qui s'est fait remarquer aux Folies-
Bergère.

SCÈNE IV

TAPIN, LA REVUE, UN PRESTIDIGITATEUR.

LE PRESTIDIGITATEUR, entrant, une petite cage à la main.
Accent étranger.

Mesdames et messieurs, j'ai l'honneur de vous présenter une cage assez grande pour contenir quatre oi-
seaux! Il n'y en a qu'un aujourd'hui, mais il pourrait
y en avoir quatre... Regardez bien!.. Je vais compter
jusqu'à trois et le tout disparaîtra au bout de mes
doigts!... Une! deux!... Je n'ai pas dit trois, n'est-ce
pas, madame?... Ce tour est entièrement nouveau! Je
l'ai fait pour la première fois, il y a seize ans, à Gênes,
en Italie. Depuis, on l'a fait un peu partout. Mais voici
l'original! Attention : une! deux! et... (Tapin a grimpé sur
sa chaise. — S'arrêtant.) Je n'ai pas dit trois, n'est-ce pas,
madame?... Je vous prie de remarquer que je me mets
au milieu de vous et que l'oiseau n'est pas empaillé!...
qu'il est bien vivant! Attention : une, deux, et... (Même
jeu de Tapin. Il s'arrête encore.) Je n'ai pas dit trois, n'est-
ce pas, madame?... Faites bien attention que la cage
et l'oiseau ne vont pas se loger dans mon habit, ni
dans la doublure .. Du reste, vous me visiterez après!
Une, deux... (A Tapin qui est pantelant.) Non!... seulement
quand je dirai trois... Une! deux... trois!... (Il escamote
la cage.) Il n'y a plus rien...

TAPIN, s'essuyant le front.

J'en ai chaud !...

LE PRESTIDIGITATEUR, retirant son habit.

Veuillez regarder dans mon habit ! il n'y a rien dans la doublure, n'est-ce pas ?

TAPIN.

Non, je ne vois rien... (Au public.) Seulement, comme c'est un prestidigitateur, je ne garantis rien...

LE PRESTIDIGITATEUR, retirant son gilet.

Voyez maintenant dans mon gilet, il n'y a rien ?

TAPIN.

Ah çà ! est-ce qu'il va se déshabiller ici ?...

LE PRESTIDIGITATEUR, ôtant sa cravate.

Dans ma cravate, rien ?

TAPIN.

Non ! rien !

LE PRESTIDIGITATEUR, même jeu.

Dans mes bretelles ?... Dans mon...

Il va pour ôter son pantalon.

TAPIN, l'arrêtant.

Non ! non ! pas, ici !...

LE PRESTIDIGITATEUR, insistant.

Mais c'est pour faire voir qu'il n'y a pas de machineries !... En Angleterre, j'ai l'habitude...

TAPIN.

Dans la libre Angleterre, peut-être, mais dans la libre France, on ne va pas encore jusque-là !...

Il le fait sortir.

SCÈNE V

TAPIN, LA REVUE, LA BOUQUETIÈRE.

La bouquetière entre, met une fleur à la boutonnière de Tapin
et va ressortir.

TAPIN.

Une fleur ! c'est charmant ! attendez !

Il lui donne une pièce de monnaie.

LA BOUQUETIÈRE.

Deux sous !... Ah çà ! monsieur, vous ne m'avez
pas bien regardée !... C'est un louis ou rien. Je suis la
nouvelle bouquetière du club... la confidente de ces
messieurs... c'est moi qui porte leurs bouquets aux actrices à la mode !... Et pas seulement les bouquets,
mais les bijoux, les billets doux... Je les connais toutes,
les actrices à la mode !

TAPIN.

Ah bah !... alors vous pénétrez dans toutes les loges ?

LA BOUQUETIÈRE.

Oui, ces dames n'ont point de secrets pour moi. J'ai
même pincé leurs principaux tics... je les imite !...

TAPIN.

Pas possible ! je voudrais voir ça !

LA BOUQUETIÈRE.

Voulez-vous madame Théo, dans *Madame l'Archiduc* ?...

TAPIN.

Va pour madame Théo...

LA BOUQUETIÈRE.

Voilà... (*Imitation de madame Théo dans les couplets :* « Pas ça ! » *de Madame l'Archiduc.*) A présent voulez-vous que je vous montre madame Chaumont ?

TAPIN.

Où joue-t-elle ?

LA BOUQUETIÈRE, prenant la voix de madame Chaumont.

Dans *Divorçons !* au Palais-Royal !

TAPIN.

Un nouveau vaudeville ?...

LA BOUQUETIÈRE.

Oh ! du tout, du tout... ce n'est pas un vaudeville, monsieur... je ne joue plus le vaudeville... Parce que dans les vaudevilles, il y a des couplets... Et je ne peux plus chanter... oh ! n'insistez pas, c'est inutile. — L'autre jour, on est encore venu me demander de chanter, et j'ai répondu : « Je ne chante plus, je ne chante plus ! je ne chante plus ! » Et pourtant... c'était bien gentil, n'est-ce pas ? vous vous rappelez... Dans la *Princesse de Trébizonde* :

Ah ! ne me tente pas !...

Et encore dans le *Grand Casimir* :

Deux pigeons s'aimaient d'amour tendre,
L'un d'eux, s'ennuyant au logis...

Et l'année dernière, dans le *Petit Abbé* :

Je suis le lys de la vallée !...

TAPIN.

Mais dites donc, il me semble que vous chantez encore très bien.

LA BOUQUETIÈRE.

Non, monsieur, non... Je ne chante plus... je ne chante plus... je ne chante plus !...

Elle sort en courant.

TAPIN.

Elle est gentille cette bouquetière... mais, je brûle de voir les pièces nouvelles...

LA REVUE.

Les voici...

SCÈNE VI

LA REVUE, TAPIN, JEAN DE NIVELLE, LES MOUSQUETAIRES AU COUVENT, LE BEAU NICOLAS, BELLE LURETTE.

LES PIÈCES, entrant.

Air : *Des Cancans.*

Des succès,
Des succès,
Grands succès !
Très grands succès !
Des succès,
Des succès,
On n'en a jamais assez !

JEAN DE NIVELLE.

Que cherchent les directeurs ?
Que cherchent tous les auteurs ?

LES MOUSQUETAIRES AU COUVENT.

Que cherchent tous les acteurs?
Que cherch'nt mêm' les spectateurs !

REPRISE.

Des succès!
Etc.

TAPIN.

Alors toutes ces pièces-là ont réussi ?...

LA REVUE.

Toutes...

TAPIN, à Jean de Nivelle.

Qui êtes-vous ?...

JEAN DE NIVELLE.

Jean de Nivelle, de l'Opéra-Comique.

TAPIN.

Vous devez pourtant manquer de chien.

JEAN DE NIVELLE.

Au contraire, ma musique en est pleine.

TAPIN.

Et puis, au besoin, vos chanteurs pourraient rempla-
cer le chien par des chats... Et vous faites de l'argent?

JEAN DE NIVELLE.

De l'or, monsieur. Le bureau de location ne désem-
plit pas.

Air : *Mandragore charmée. (Jean de Nivelle.)*

Par mes chants attirée,
Le soir, la foul' charmée
Avec empressement
Apporte son argent
Pour écouter Jean de Nivelle!

> Vrai ! la chose est nouvelle.
> D'voir qu'à Jean de Nivelle,
> Au rebours du chien,
> Tout le public vient
> Quand on l'appelle !

LES MOUSQUETAIRES AU COUVENT, se présentant, un bocal sous le bras. Costume de pensionnaire.

Les Mousquetaires au couvent, des Bouffes-Parisiens...

TAPIN.

Les mousquetaires ! Mais c'est une petite pensionnaire.

LES MOUSQUETAIRES.

Une pensionnaire du couvent où les mousquetaires s'introduisent sous un costume religieux.

TAPIN.

Ah ! les mousquetaires s'introduisent... Mais c'est le *Comte Ory* que vous me racontez là.

LA REVUE.

Pas du tout, c'est la chanson du colonel de la *Femme à Papa*.

TAPIN.

Et qu'est-ce que vous tenez là ?

LES MOUSQUETAIRES.

Ça, c'est le bocal des prunes à l'eau-de-vie que les mousquetaires mangent chaque soir quand ils sont entrés au couvent. En voulez-vous une ?

TAPIN.

Volontiers... je ne serai pas assez chinois pour vous refuser une prune. (Tout en mangeant.) Mais c'est égal, vos mousquetaires me font l'effet d'être de pauvres gens.

7.

LES MOUSQUETAIRES

Pourquoi ?

TAPIN.

Il me semble que moi, si je m'introduisais dans un couvent où il y a des pensionnaires aussi gentilles... ça ne serait pas pour des prunes !...

LE BEAU NICOLAS, s'avançant.

Le beau Nicolas !

TAPIN, chantant.

Ah! ah! ah!

LE BEAU NICOLAS.

Mais non. Le *Beau Nicolas* des Folies-Dramatiques...

TAPIN.

Ah! oui... Eh bien ! Je ne sais pas *si mon masque* lui plait, mais *Girard-ment* vu un aussi joli garçon ! (Désignant Belle Lurette.) Et celle-là ?

BELLE LURETTE.

Belle Lurette, au Théâtre de la Renaissance.

LA REVUE.

Une petite blanchisseuse qui fera son chemin.

TAPIN.

Une blanchisseuse... Enchanté de *la voir*... Un grand succès alors ?

LA REVUE.

Comment en serait-il autrement ? Sa musique est d'Offenbach...

Air : *nouveau de M. Boulard.*

Maître charmant, dont la muse légère
Nous ravissait par ses refrains exquis,

Pendant vingt ans toujours il sut nous plaire,
Pendant vingt ans il régna dans Paris !

A son berceau, comme une bonne fée,
Avec l'esprit se montra la gaîté !
Doté par eux, plus tard l'auteur d'*Orphée*
De ses parrains n'a pas démérité !

On s'en souvient, c'était un jour de fête
Quand, chaque hiver, l'illustre maëstro,
En affichant sa nouvelle opérette
Nous promettait plaisir toujours nouveau !

Et, de Brébant à la Maison Dorée,
Quand circulait le champagne joyeux,
On répétait d'une lèvre enfiévrée
Ses jolis airs, encor plus capiteux !

Enfin il eut ce rare privilège,
C'est qu'un seul jour par lui fut attristé
Le tout Paris qui lui faisait cortège :
Mais, ce jour-là, c'est qu'il n'a plus chanté !

Maître charmant, dont la muse légère
Nous ravissait par ses refrains exquis,
Pendant vingt ans toujours il sut nous plaire,
Pendant vingt ans il régna dans Paris !

C'était la joie et c'était la jeunesse
Qu'il nous versait prodigue, à verre plein
Dans ses chansons, où l'on trouvait sans cesse
Le goût, l'esprit, d'un vrai Parisien !...

Après le rondeau, on entend un appel de trompette.

TAPIN.

Qu'est-ce que c'est que ça ?...

SCÈNE VII

LES MÊMES, RASTAGNAC, puis MICHEL STROGOFF.

LA REVUE, voyant paraître Rastagnac.

Un officier.

RASTAGNAC, entrant, costume d'adjudant de chasseurs.

Rastagnac, adjudant au 36ᵉ chasseurs... de *la Canti-nière*... Hein?... Vous dites?...

Il lève sa cravache sur Tapin avec un geste menaçant.

TAPIN, effrayé.

Rien!...

RASTAGNAC.

Rien!... A la bonne heure!

Air : *De la Cantinière.*

Je suis la seul' pièc' militaire,
Que l'on joue en ce moment,
N'allez pas dir' le contraire,
Ou je me fâche à l'instant,
Car je n' suis pas endurant!...
J'ai seul droit à l'uniforme,
Moi seul, j'ai droit au galon,
Ça me donne un chic énorme,
Aussi, j'y tiens! nom d'un nom!

(Parlé.) Qu'est-ce vous dites?... Répétez-le donc?... Rien!... A la bonne heure... Je suis Rastagnac... Et quand quelqu'un ose me démentir... (Reprenant le chant.)

Je le coupe en deux, en quatre, en six,
En huit, en dix, en quarant' six,
Foi de Rastagnac
Flac ! flic ! flac !

TAPIN, à la Revue.

Il a un fichu caractère.

Nouvel appel de trompette.

RASTAGNAC.

Qu'est-ce que c'est que ça ?

MICHEL STROGOFF, entrant, costume de moujick.

Je n'ai pas un instant à perdre !... Je suis pressé...
Horriblement pressé !... Il faut que j'arrive le 24 septembre à Irkoustk, malgré tous les obstacles !... Il le
faut !... Pour Dieu, la patrie et le czar !...

LA REVUE.

Eh bien !... Allez... allez...

TAPIN.

On ne vous retient pas...

RASTAGNAC.

Pardon... (A Strogoff.) Qui êtes-vous ?

MICHEL STROGOFF.

Qui je suis ?... je suis *Michel Strogoff*, la seule pièce
militaire qu'on joue en ce moment...

RASTAGNAC, bondissant.

La seule pièce militaire ?... Répétez-le donc...

MICHEL STROGOFF.

Je le répète...

RASTAGNAC.

Eh bien ! tiens !...

Il lui donne une gifle sonore.

MICHEL STROGOFF, portant la main à sa joue.

Ah!... (Moment de silence. — Puis avec un grand calme.)
Pour Dieu, la patrie et le czar!...

TAPIN.

Comment! voilà tout ce qu'il trouve à répondre?

LA REVUE.

C'est honteux!

TAPIN, à Strogoff.

Monsieur, je ne suis qu'une femme... (Se reprenant.)
c'est-à-dire, madame n'est qu'une femme... Mais, si on
l'avait traitée comme on vient de vous traiter... elle
se rebifferait!...

LA REVUE.

Certainement...

MICHEL STROGOFF, à Tapin.

Ça ne vous regarde pas...

TAPIN.

Je vous demande pardon...

MICHEL STROGOFF.

Laissez-moi tranquille!...

TAPIN.

Répétez-le donc...

MICHEL STROGOFF.

Je le répète...

TAPIN.

Tiens...

Il lui donne un coup de pied.

LA REVUE et RASTAGNAC.

Oh!

MICHEL-STROGOFF, avec un cri, levant le bras.

Ah!...

TAPIN, effrayé.

Il va me tuer...

Moment de silence.

MICHEL STROGOFF, s'arrêtant. — Avec un calme profond.

Pour Dieu, la patrie et le czar!...

TAPIN, regagnant sa place.

Je ne regrette rien!

MICHEL STROGOFF, portant la main à sa tête.

Mais, c'est étrange!... Mon Dieu!... mon Dieu!... mon
Dieu!...

LA REVUE.

Qu'est-ce qui lui prend?...

MICHEL STROGOFF.

Mes yeux s'obscurcissent... Ma vue se trouble... (Avec
un cri.) Ah!... ce coup de pied m'a rendu aveugle!

TAPIN.

Aveugle!... Ah! le pauvre homme! Monsieur, je suis
désolé!... Si j'avais su!...

RASTAGNAC.

Aveugle!... Nous allons bien voir... (Il tire son sabre.
— A Strogoff.) Marchez un peu... droit devant vous...

MICHEL STROGOFF, à part.

Fichtre!... Enfin!...

Il marche, et arrive devant le sabre, qui le transperce de
part en part.

TOUS, avec un cri d'horreur.

Oh!

MICHEL STROGOFF, avec calme.

Pour Dieu, la patrie et le czar!...

Il sort.

RASTAGNAC.

Je savais bien que j'étais la seule pièce militaire de l'année... et qu'on ne me dise pas le contraire, ou sinon...

REPRISE.

Je vous coupe en deux,
Etc., etc.

TAPIN et LA REVUE.

Il nous coupe en deux,
Etc.

Sortie générale sur une fanfare.

SCÈNE VIII

TAPIN, LA REVUE, puis UN PETIT GOMMEUX.

TAPIN.

Dis donc... mais ce n'est pas tout... Est-ce qu'on ne joue pas une grande féerie en ce moment?...

LA REVUE.

Oui !... *L'Arbre de Noël.*

TAPIN.

Eh bien ! Qu'est-ce qu'on en dit?...

LE PETIT GOMMEUX, entrant. Tenue de gandin. Grand ulster, gants paille, énorme lorgnette en bandoulière.

L'Arbre de Noël, très chic!... Allez voir ça, vous serez content... Très chic!...

TAPIN.

Très chic?... Qu'est-ce que c'est que ce petit-là?

LE PETIT GOMMEUX.

La première fois, on m'y a conduit avec Nini...

LA REVUE.

Nini?

LE PETIT GOMMEUX.

Ma petite sœur... une mioche... haute comme ça...
Elle avait été bien sage... Alors, vous comprenez?... On
s'est exécuté... papa et maman ont loué une loge...
Vous voyez ça d'ici, il a fallu y aller en famille... Ça
n'était pas drôle!...

TAPIN, étourdiment.

En effet...

LA REVUE, à Tapin.

Tais-toi donc!... (Au petit gommeux.) Et, s'est-elle bien
amusée, votre petite sœur?...

LE PETIT GOMMEUX.

Nini!... ne m'en parlez pas... Elle a gobé tout le
temps... Papa et maman aussi... ont gobé...

TAPIN.

Et vous?...

LE PETIT GOMMEUX.

Oh! moi... à mon âge, on est plus sceptique... Je suis
un peu blasé... Par exemple, le ballet... très chic, le
ballet!... C'est plein de petits Grévins qui vous ont un
galbe!... Vous savez, on a beau dire, ce diable
d'homme, il n'y a encore que lui pour savoir habiller
les femmes... Et les femmes, voyez-vous, c'est l'important!

Air : *Les femm's, il n'y a qu' ça. (Périchole.)*

Je m' moqu' pas mal que dans un' pièce,
Le fond ne soit pas très parfait,
Qu' ça manqu' d'esprit et de finesse,
Tout ça n'est rien, pourvu qu'il y ait :
Des femmes !
Des femmes !
Il n'y a qu' ça !
Tant que l' théâtre existera,
Tant que le public y viendra,
Les femmes !
Les femmes !
Il n'y aura qu' ça !

TAPIN, s'oubliant et lui donnant la main.

C'est bien mon avis... (A part.) C'est-à-dire... (Haut, sur un ton sévère.) Eh bien ! à votre âge, avoir des idées aussi folichonnes... Crapaud !...

LE PETIT GOMMEUX.

Oh ! assez ! assez !... De la morale, il n'en faut pas !... Très chic, le ballet, très chic... Allez voir ça...

Il sort.

SCÈNE IX

TAPIN, LA REVUE, BAUDRY, Un Gamin.

Baudry traverse le théâtre en lisant le *Rappel* ; à quelques pas derrière lui, vient un gamin tout déguenillé. Le gamin s'approche et vole un foulard dans la poche de Baudry.

TAPIN.

Eh bien !... (A Baudry.) Monsieur !... votre mouchoir...

BAUDRY, se retournant et saisissant la main du gamin.

Ah! ah! Petit voleur... (Avec attendrissement.) Un petit voleur!... Oh! le beau petit voleur!... Je t'adopte!... Viens!... mon enfant, je serai ton père... tu seras mon fils!...

TAPIN.

Mais vous n'y pensez pas... C'est un simple pick-pocket!

BAUDRY.

Non, monsieur, c'est une bonne action que le hasard a mise sur mon chemin... Viens... viens...

Il emporte l'enfant dans ses bras.

TAPIN.

Ah çà!... c'est un fou!...

LA REVUE.

Non, c'est *Jean Baudry*, du Théâtre-Français... Un philanthrope!...

TAPIN.

Tu veux dire un filou-anthrope!...

SCÈNE X

TAPIN, LA REVUE, BODIN-BRIDET, PACAUD.

PACAUD, de la coulisse et entrant en scène.

M'sieu! M'sieu! Oh! mes bonnes gens du bon Dieu!... Ah! quel malheur! Quoi qu'y va dire, notre maître?... Ah! c' pauvre Adolphe!...

TAPIN.

Qui ça, Adolphe?

PACAUD.

Le cochon modèle de not' maître qui se dépérit!...

TAPIN, à la Revue.

Qu'est-ce que c'est que celui-là?

LA REVUE.

Eh bien! c'est Pacaud, le garçon de ferme de M. Bo-din-Bridet, le savant de la *Femme à Papa*...

PACAUD.

Qu'est-ce que va dire not' maître!... M'sieu!... M'sieu!...

BODIN-BRIDET, entrant.

Qu'est-ce qu'il y a?... M'sieu?...

PACAUD.

Adolphe!...

BODIN-BRIDET.

Quoi, Adolphe?... etc...

Scène de *la Femme à Papa*.

SCÈNE XI

TAPIN, LA REVUE, puis PIERROT, ARLEQUIN, CASSANDRE, COLOMBINE.

LA REVUE, après la sortie de Bodin-Bridet et de Pacaud.

Eh bien!... qu'en dis-tu?

TAPIN.

Judic, que Dupuis longtemps, je n'avais vu une pièce aussi amusante... Pourtant, l'an dernier, je suis allé aux Variétés, on jouait le *Voyage en Suisse...* Il y avait là un nommé Christian!... Quel talent!... c'était une sorte de pantomime... Et moi, la pantomime, je l'adore!

LA REVUE.

La pantomime... mon pauvre ami!... Elle a fait son temps... Tiens, regarde ce qu'elle est devenue!...

Musique.

TAPIN.

Qu'est-ce que c'est que ça?...

Entre Pierrot traînant une petite charrette dans laquelle est assise Colombine sur des paquets, et que poussent Arlequin et Cassandre.

LA REVUE.

Les Funambules qui déménagent... Ça n'allait plus, la recette!

TAPIN.

Pauvre Pierrot, comme il a l'air triste! (Pierrot exprime sa douleur. — On démolit son théâtre, il ne sait plus où aller. — Il a fait ses paquets. Il a chargé sa voiture, et il s'en va. — Où va-t-il coucher! — Pas d'argent. Il mourra de faim, lui qui est si gourmand. — Et puis, il y a la pauvre petite Colombine si frêle et si gentille, Arlequin qui est si intéressant. — Quant à Cassandre, c'est une vieille bête, il s'en fiche... Cassandre furieux lui flanque un coup de pied.) Vrai! ça me fait quelque chose! On le laisse partir?...

LA REVUE.

Dame, qu'est-ce que tu veux qu'il fasse? Il n'est pas dans le mouvement! Il n'est pas assez moderne!

TAPIN.

Qu'est-ce qu'ils vont devenir, ces pauvres gens!

Pierrot exprime qu'il s'en va il ne sait où, à la grâce de Dieu... Ils sortent. — L'orchestre joue le refrain de La Grâce de Dieu.

SCÈNE XII

TAPIN, LA REVUE, LA MOUCHE D'OR.

LA REVUE.

Passons à quelque chose de plus gai... Et, puisque tu aimes la pantomime, je vais te montrer la *Mouche d'or* des *Pilules du diable.*

LA MOUCHE D'OR, paraissant; elle est représentée par un homme.

La Mouche d'or... présente!

TAPIN, saluant.

Mademoiselle... C'est vous qui avez fait courir tout Paris au Châtelet?

LA MOUCHE D'OR.

Non, celle-là n'a pas pu venir... Elle est un peu souffrante!...

LA REVUE.

C'est vrai, elle a été obligée d'interrompre ses représentations pour cause d'augmentation de famille...

TAPIN.

Ah bah! un petit moucheron... (A la Mouche d'or.) Mais alors, vous?

LA MOUCHE D'OR.

Moi, je suis la Mouche d'or belge.

TAPIN.

Une contrefaçon!

LA REVUE.

Naturellement... Paris avait sa mouche... Bruxelles a voulu la sienne.

LA MOUCHE D'OR.

Seulement, moi j'ai un avantage énorme, celle de Paris était enlevée par un fil gros comme rien... on ne le voyait pas... Alors, le public était dans les transes... Tandis que moi, vous allez voir ça... (Criant.) Envoyez le fil!...

Du cintre descend un câble énorme.

TAPIN.

Mais, c'est le câble transatlantique!...

LA MOUCHE D'OR.

Vous comprenez qu'avec cela les spectateurs sont tout de suite rassurés.

TAPIN.

Le fait est que si celui-là casse...

LA MOUCHE D'OR.

Attention!... je vais m'envoler... (Musique. — Elle esquisse un pas et s'attache au câble.) Remarquez qu'on me voit m'attacher, celle de Paris, on ne la voyait pas...

Le câble l'enlève, puis la redescend.

TAPIN.

C'est merveilleux!... Elle vole... positivement elle vole!...

LA REVUE.

Oui, l'argent des spectateurs.

La Mouche d'or est enlevée de nouveau, mais cette fois, elle reste suspendue au milieu du théâtre, sans pouvoir monter, ni descendre.

LA MOUCHE D'OR.

· Eh bien !

TAPIN.

Quoi?... quelque chose qui rate?

UNE VOIX, d'en haut.

Attendez un instant, il y a un accident à la machine.

TAPIN.

Allons, bon... Vous allez rester en plan?...

LA MOUCHE D'OR.

Tant mieux, je ne suis pas fâchée de ce qui arrive...
Il faut vous dire que j'avais un autre rôle dans la Revue, je jouais la *Moabite*, du Théâtre-Français... Ça allait
comme sur Deroulède... Seulement, au dernier moment
on a supprimé la pièce... Alors, les auteurs ont supprimé la parodie. Moi, je tenais à mon rôle... Aussi je
vais profiter de ce petit retard pour vous chanter mon
couplet.

LA REVUE.

Mais puisqu'il est supprimé...

LA MOUCHE D'OR.

Ça m'est bien égal .. A la hauteur où je suis, on ne
peut rien contre moi...

TAPIN.

Non, ne faites pas ça !

LA MOUCHE D'OR.

Si... si...

Chantant.

Aux Français on me montait,
On m' supprim', mystère !
Les mauvais's langu's dis'nt que c'est
Pour le minis...

A ce moment le câble l'enlève. — Elle disparaît dans les frises.

TAPIN.

Ah! sapristi!... Il était temps!... On lui a joliment coupé le fil...

LA REVUE, criant à la Mouche.

Bon voyage!

SCÈNE XIII

TAPIN, LA REVUE, puis LE VOYAGEUR.

TAPIN.

A propos de voyage, il paraît qu'il y en a eu beaucoup dans les théâtres, cette année!

LA REVUE.

Je crois bien... les troupes maintenant sont constamment en route... Tiens, justement voici un voyageur... C'est le Palais-Royal.

LE VOYAGEUR, entrant.

Oui, c'est moi, le Palais-Royal... Oh! mes enfants, quel succès... quel triomphe!... Car, vous le savez, on a réparé ma salle! Alors, je me suis dit : pendant ce temps, que faire? Ma foi, suivons l'exemple de mon voisin, le Théâtre-Français... allons en Angleterre, et, réunissant toute ma troupe : Geoffroy, Lhéritier, Hyacinthe, Montbars, Daubray, Pellerin... je suis parti pour donner des représentations à Londres...

LA REVUE.

Et naturellement, vous avez eu un grand succès?

LE VOYAGEUR.

Pyramidal, madame, pyramidal! Aussi, mes artistes sont enchantés.

8

TAPIN.

Je ne serais pas fâché de savoir ce que pense Geoffroy sur l'Angleterre.

LE VOYAGEUR.

Eh bien, demandez-le lui... justement, le voici... (Prenant la voix de Geoffroy.) C'est charmant, c'est adorable! Ah! quel joli pays! J'en voudrai toujours à mon père de ne m'avoir pas fait apprendre l'anglais! Quelle jolie langue!... et facile!... ainsi pour dire : Oui, on dit : yes!... Yes, c'est doux à prononcer! c'est agréable enfin!... Tenez, pour dire du pain, vous dites : du pain, vous!... eh bien, eux, pas du tout... ils disent : broude. Non. Bread. Commë c'est facile!... Aussi, vous me croirez si vous voulez, au bout de trois jours, je parlais l'anglais comme une personne naturellè... c'est à un point qu'on me demandait : Voulez-vous du rosbif? — je répondais : Yès! — Voulez-vous du vin? — Yès! — On me parlait en français, je répondais en anglais!... Ah! quelle jolie langue!... J'en voudrai toujours à mon père de ne m'avoir pas fait apprendre l'anglais!

Fausse sortie.

TAPIN.

Eh bien... Et vous, Lhéritier, qu'est-ce que vous en pensez?

LE VOYAGEUR, avec la voix de Lhéritier.

Oh! moi, c'est surtout les femmes qui m'ont plu! Ah! dame!... Oh! elles sont délicieuses... positivement... Et d'un tendre!... oh!... Il y en a une surtout, — une blonde — non, — une brune —, non! enfin, ça ne fait rien!... Elle était très jolie, et d'un... vous allez voir!... Un soir, je me promenais tranquillement, je pensais à Paris, à l'omnibus de l'Odéon!... je ne sais pas si vous êtes comme moi, mais l'omnibus de l'O-

déon, c'est mon faible... Bref, je la rencontre !... Elle me
dit : vous voilà... comment ça va? Ah ! je suis contente
de vous voir! Je lui dis : Moi aussi... je ne l'avais jamais vue !... Ah !... venez donc demain déjeuner à la
maison ! — Le lendemain, j'arrive, elle était dans son
cabinet de toilette ! Dans un costume !... ah dame ! il
faisait chaud... Elle pousse la porte, et elle nous en-
ferme !... oh ! y a rien eu, oh ! non... je vous le dirais !...
le lendemain... ah dame !...

Fausse sortie.

TAPIN.

Eh bien, si Lassouche avait su ça, c'est lui qui serait allé en Angleterre? n'est-ce pas, Lassouche?

LE VOYAGEUR, avec la voix de Lassouche.

Pour sûr que non, par exemple... D'abord, les
voyages... je les abomine, les voyages !... Je ne dis pas
ça pour les femmes !... Je les adore !... je les estime
pas, par exemple !... Tenez, pas plus tard qu'hier, je
rencontre une petite boulotte !... Elle avait un nez re-
troussé !... J'avais justement ce pantalon-là !... Il est
galbeux, hein?... c' pantalon-là?... c'est un pantalon
que je lance !... Il me restait dix-sept francs dans ma
poche, je me dis : Chouette ! je vas lui payer à dîner !
Nous entrons dans un restaurant à dix-huit sous par
tête... Je dis au garçon : — Vous avez des pommes de
terre à l'huile?... Il me dit : — Oui, monsieur !... Je dis :
— Vous êtes sûr qu'y en a? — Oui monsieur. — Il y en
a et elles sont bonnes? — Oui, monsieur... — Eh bien,
vous ne nous en donnerez pas !... Alors, il m'a appelé
Pignouf !... Je dis : En voilà un qui me connaît !...

Fausse sortie.

TAPIN.

Et toi, Daubray, est-ce que tu es allé à Londres?

LE VOYAGEUR, avec la voix de Daubray.

Mais pourquoi donc que j'y serais pas allé à Londres? non, mais je vous le demande, pourquoi j'y serais pas allé?

TAPIN.

C'est ce que je me disais. Eh bien! comment trouves-tu ça?

LE VOYAGEUR.

Mes enfants, c'est immense! positivement, c'est immense!

TAPIN.

Ah! vraiment...

LE VOYAGEUR.

Oh! seulement, je préfère de beaucoup Paris, surtout lorsque je joue les *Diables Roses.* — Vous ne m'avez pas entendu quand je dis : l'insecte seul est nettoyé. — Il est nettoyé l'insecte!... Et quand je chante... vous ne m'avez pas entendu chanter?... Oh! écoutez-moi ça.

Il chante.

Rendez-les moi, rendez-les moi!
Car ce refus pour moi serait funeste!
D'ambassadeur, ici, je tiens l'emploi,
Ne me fait's pas remporter une veste!
Rendez-les moi! *(Ter.)*

(En terminant, il essaie de lancer une note et la manque.) Ah! ce n'est pas son jour de sortie!...

TAPIN.

Bravo! bravo! Eh bien, et toi, Pellerin, as-tu eu du succès, là-bas?

LE VOYAGEUR, avec la voix de Pellerin.

Ah! ben! j' crois bien que j'ai eu du succès, surtout

dans *la Boule*; au moment où je dis à Geoffroy : Vous appelez ça une boule, vous?... moi, j'appelle ça un moine !... alors, tout le monde a applaudi !...

Fausse sortie.

TAPIN.

Eh bien, et vous, Hyacinthe? c'est vous qui avez dû faire un effet avec votre nez !

LE VOYAGEUR, avec la voix et le nez d'Hyacinthe.

C'est pas parce que je suis là... mais j'ai eu un succès fou ! Vous me croirez si vous voulez, mais quand je suis entré en scène, et que j'ai dit : « Rendez-la heureuse, monsieur !... Ah ! mon rêve !... » alors, la salle a croulé ! Mais le plus gros effet, c'est quand, à la fin de ma tirade, j'ai dit : « A moi, l'obscurité ! à vous l'opulence !... » Alors, tout le monde a crié : Bis !... seulement, je n'ai pas bissé, parce qu'on m'a dit qu'on ne bisse que les morceaux où il y a de la musique... Même que Sarah Bernhardt, qui était dans la salle, a voulu m'engager... Elle m'a même engagé à retourner à Asnières... Et c'est ce que j'ai fait ! D'abord, à Asnières, il y a un Anglais, et ça me suffit, et puis, en fait de langues, il y en a une que je préfère à toutes les autres, c'est la langouste ! Ah !

Il sort.

TAPIN.

Bravo ! bravo ! Tous... tous !... (Regardant dans la coulisse.) Ah ! ah ! voilà Coquelin cadet... Mais il n'est pas du Palais-Royal !

LA REVUE.

Bah ! il est de la maison à côté...

LE VOYAGEUR, revenant avec la voix de Coquelin cadet.

J'ai entendu qu'on rappelait quelqu'un, alors j'arrive !... (Se posant et avec une moue.) Premier amour !...

(Suit un fragment du Premier Amour, puis tout à coup il s'interrompt et tire sa montre.) Je vous demande pardon, mais je dois faire une conférence, on m'attend dans trois salons, j'ai deux représentations extraordinaires, et un concert au cercle Machin... Je vous dirai la fin une autre fois.

Il sort.

SCÈNE FINALE

TAPIN, LA REVUE, Tambours, Fifres, Tous Les Personnages de la Revue, portant des lanternes.

TAPIN.

Eh bien ! il nous laisse en plan?... (On entend la retraite.) La retraite ! Sapristi ! l'heure de rentrer à la caserne ! Je vais me faire mettre au bloc !

LA REVUE.

Mais non !... c'est la retraite aux flambeaux !... A présent, quand on ne sait plus quoi dire, on fait entrer une retraite aux flambeaux... ça fait toujours plaisir ! (Entrée de la retraite. Tout le monde se range.) Et maintenant, place aux couplets de la fin !...

CHŒUR GÉNÉRAL.

Rataplan ! rataplan !
Rataplan ! plan ! plan !
En avant !
Il faut qu'on finisse,
Rataplan ! rataplan !
En avant !
Le joyeux boniment !

COUPLETS DE LA FIN.

LA REVUE.

Le jubilé, mes enfants,
   Fut un' triste affaire!
Par bonheur, il faut cent ans
   Pour qu'on puiss' le r'faire!

LE GYMNASE.

Le théâtr' de la Gaîté
   N'a plus d' locataires!
C'est la premièr' fois qu'il n' fait
   Pas d' mauvais's affaires!

LE VOYAGEUR, avec la voix d'Hyacinthe.

De Nana qu'on va monter
   J'aim' le réalisme,
J'espèr' qu'ell' va nous montrer
   Son... naturalisme!

MICHEL STROGOFF.

En Amériqu' Panama
   Était, ça m' renverse,
J'ai vu m'sieu d' Lesseps, il m'a
   Dit qu' c'était en perce!

RASTAGNAC.

La cuisin' d' mon régiment
   Est vraiment parfaite,
Car, le cuisinier, maint'nant,
   C'est... notre trompette!

JEAN BAUDRY.

On va construir', c'est certain,
   Un Éden fort riche :
Faudra, pour ouvrir l'Éden,
   Un' pièc' de Labiche !

LE PETIT GOMMEUX.

Je n'ai pas encor dix ans!
   Certes ça n'est guère,

Mais, j'ai vu trois présidents
Et trent' ministères !

LA MOUCHE D'OR.

En politique, il n'y a qu'un
Moyen d' fair' l'entente :
C'est de donner à chacun
Trent' mill' livr's de rente !

Pierrot s'avance pour mimer son couplet, mais Tapin l'en
empêche et chante à sa place.

TAPIN.

Cett' revu', je vous le dis,
Est pyramidale !
Si vous n'êt's pas d' mon avis,
Gare au p'tit local... e

REPRISE DU CHŒUR.

Rataplan ! rataplan !
Etc.

FIN

Imprimerie générale de Châtillon sur-Seine. — J. Robert.

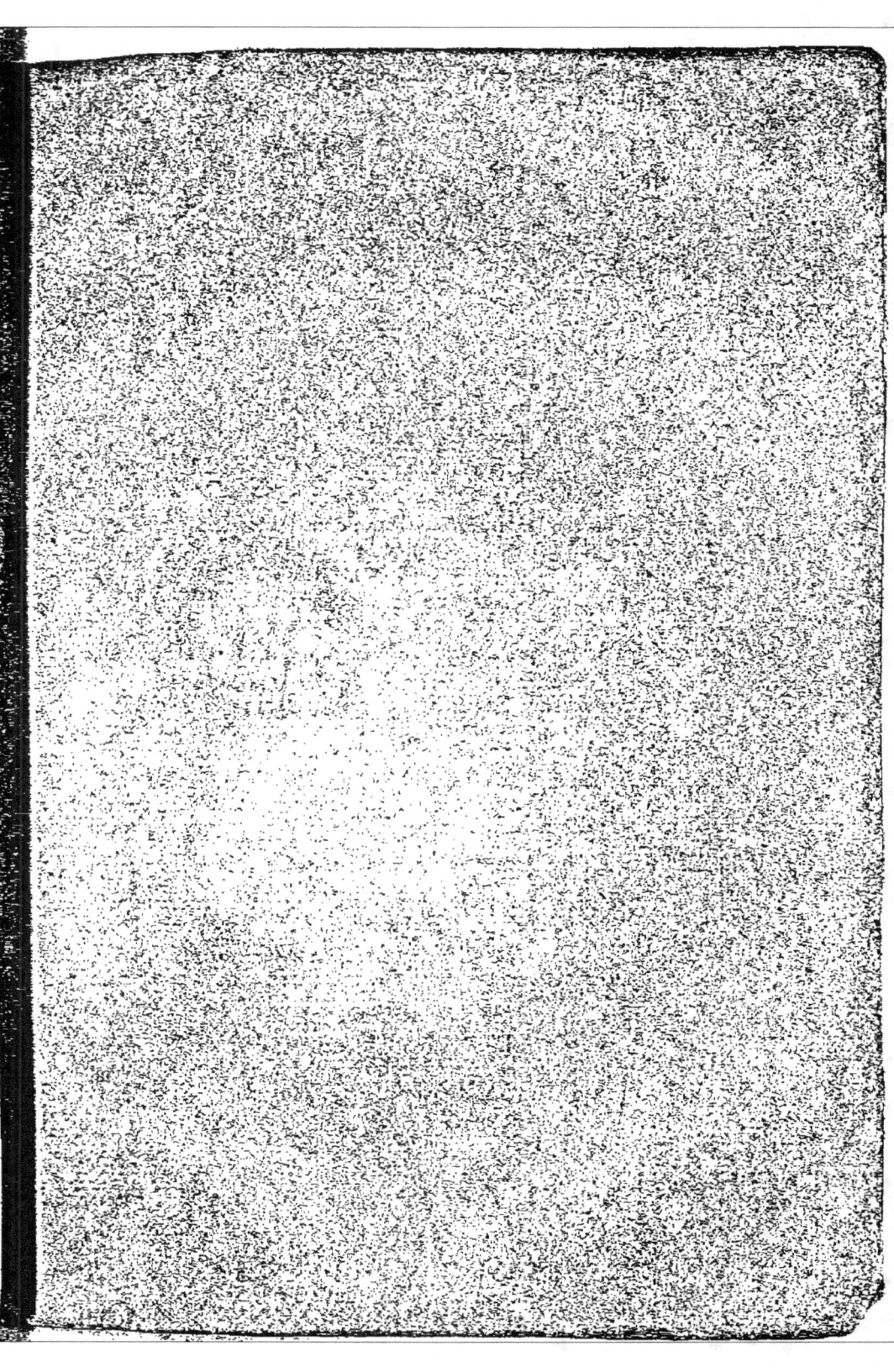

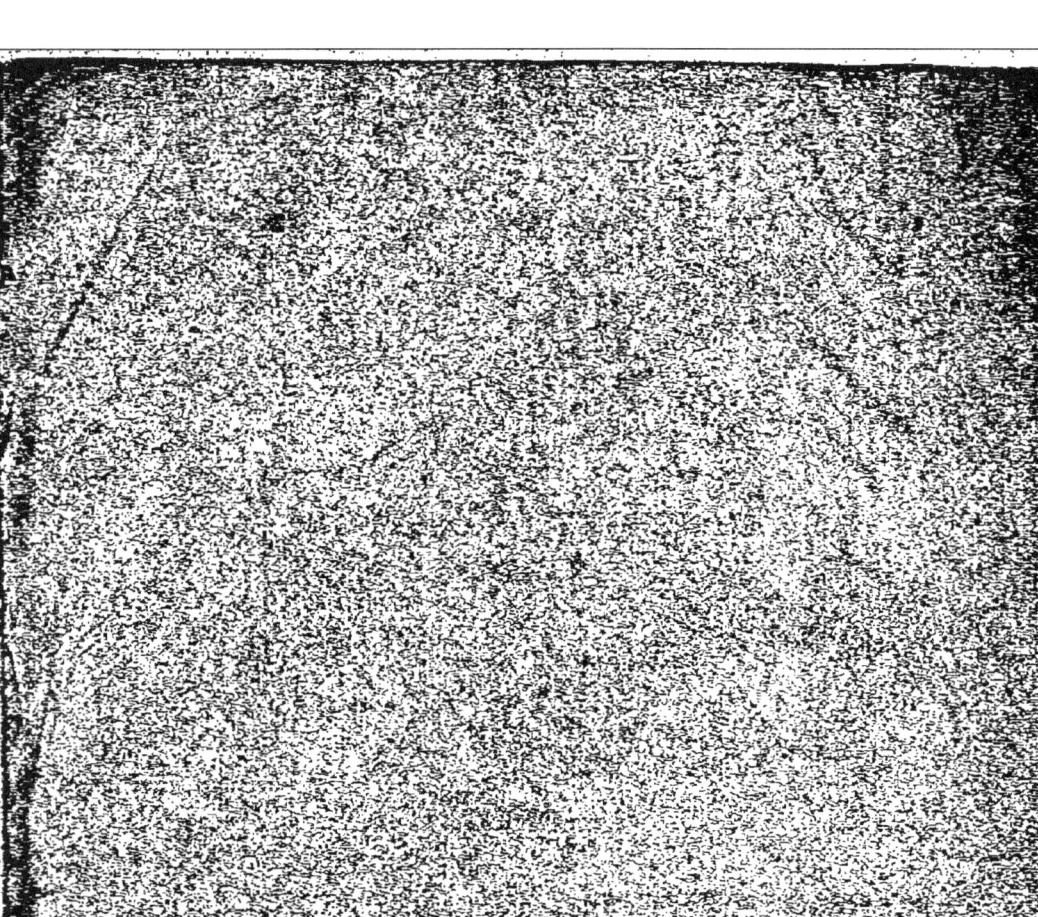